Hendrik Hartmann

GUARDIAN ANGEL

Originaltitel: „Guardian Angel“
Umschlagbild: Pexels.com/ unsplash.com
Umschlaggestaltung: Alexander May
Kapitelmarken: Brusheezy
Schrift: Fromm, J. (Rooney), Dunn, C. (Dunbar), Frere-Jones, T. (Interstate)
Lektorat: Sophie Niemann
Printed by Amazon
ISBN: 9798713407858
Alle Bücher im Internet auf amazon.de

Man entdeckt keine neuen Weltteile, ohne den Mut zu haben,
alte Küsten aus den Augen zu verlieren.

André Gide

KAPITEL 1
EINE LETZTE ZIGARETTE

„Bereit?“

„Bereit.“

Rob nahm einen letzten tiefen Zug seiner Zigarette. Er zog so fest, dass die Glut ein deutliches rotes Licht abwarf, was den Innenraum des Autos ein wenig aufhellte.

Eddy saß hinter dem Steuer. Er umfasste den Lenker fast schon krampfartig. Seine Hände waren so schwitzig, dass er Probleme hatte, das Steuer festzuhalten, ohne von ihm abzurutschen. Eddy war jetzt Mitte zwanzig und hatte so etwas noch nie gemacht. Es war sein erstes großes Ding, bei dem er dabei war. Er hatte schon viele kleinere gedreht, aber dieses würde eine ganz neue Liga darstellen. Eddy hatte pechschwarzes, langes Haar. Er brachte es auf eine Größe von etwa 1,80 Meter und gute fünfundachtzig bis neunzig Kilogramm. Er trug eine

Brille mit mittlerer Sehstärke, einen schwarzen Pullover und eine schwarze Hose, dazu ein paar weiße Sneakers, die ihre besten Tage bereits vor langer Zeit erlebt hatten.

Neben ihm saß Rob, der soeben seine Zigarette bis auf den letzten Millimeter geraucht hatte, sodass bereits der Filter leicht qualmte. Rob drückte die Kippe, oder vielmehr das, was noch von ihr übrig war, in den völlig überfüllten Aschenbecher in der Mittelkonsole. Der Rest drohte in den Fußraum zu fallen, was aber durch ein noch stärkeres Drücken durch Rob verhindert werden konnte. Was hätte das schon gemacht, das Auto war mit Müll übersät. Überall lagen leere Bierdosen und Plastikverpackungen herum. Auf dem Rücksitz, direkt hinter Eddy, stand ein fast leerer Bierkasten. Im Fußraum befanden sich ein paar ziemlich abgenutzte Wanderschuhe und daneben lag eine noch neuwertige Jacke.

Wie viel Bier Eddy wohl schon intus hat?, fragte sich Dave, der auf der Rückbank hinter Rob saß. Wahrscheinlich nicht mehr als fünf. So hoffte er zumindest, da Eddy das Auto gleich noch sicher von hier wegbringen sollte. Dave überlegte für einen kurzen Moment, ob er vielleicht auch noch eins trinken sollte. Doch da öffnete Rob die Tür. Das Innenlicht fing an zu leuchten. Die Augen von Dave hatten sich bereits an die Dunkelheit angepasst und brauchten daher einen Moment, ehe sie sich an die nun einsetzende Helligkeit gewöhnten. Nach einigen Sekunden konnte Dave die Silhouette von Rob erkennen. Rob hatte kurz geschorenes, blond gefärbtes Haar. Er trug an jedem Ohr einen kleinen Ring, der bei jeder Bewegung von ihm das Licht kurz reflektierte und aufblitzen ließ. Die Ohrringe hatte sich Rob damals zu seinem sechzehnten Geburtstag gewünscht und bekommen. Dave konnte sich noch gut daran erinnern, da er mindestens ein halbes Jahr Zeitungen ausgetragen hatte, um sie bezahlen zu können. Geld war bei Rob und Dave schon immer ein Problem gewesen. Bereits als Teenager hatten beide Schwierigkeiten gehabt, über die Runden zu kommen. In ihren Teenagerjahren hatten Rob und Dave ihr Geld noch auf ehrliche Weise mit kleineren Jobs wie Zeitungskurier oder als Hundesitter verdient. Mit dem voranschreitenden Alter gab es aber mehr Dinge zu erleben, mehr Dinge zu kaufen, für das die mickrigen Löhne aus den Minijobs nicht mehr ausreichten. Schließlich wollte man die neusten Schuhe, die dicksten Ringe und den neusten Trend in nichts nachstehen. Und wie sollten diese Sachen bezahlt werden, wenn es fürs mehrere Stunden durch die Kälte Laufen nur ein paar Groschen gab?

Ein aufleuchtender Scheinwerfer eines vorbeifahrenden Autos holte Dave aus seinen Gedanken wieder zurück in die Gegenwart.

„Scheiße, hat der Typ uns gesehen?“, schallte es von Eddy auf die Rückbank.

„Entspann dich“, entgegnete Rob.

„Das war nur ein Kurierfahrer. Die armen Teufel sind total übermüdet und ständig unter Zeitdruck. Die haben keinen Blick für das, was rechts und links von der Straße ist.“

„Fuck, okay man, du hast recht“, sagte Eddy.

Eddy griff mit seiner rechten Hand nach oben und schaltete die Innenraumbeleuchtung aus. Anschließend umschlossen seine Hände wieder krampfhaft das Steuer, so, als ob er an dieses gebunden wäre, um zu überleben.

„Bereit, Kleiner?“, fragte Rob. Damit war zweifelsfrei Dave gemeint. Dave war der mit Abstand Kleinste der Gruppe. Er war etwa 1,75 Meter groß, wog fünfundsiebzig Kilogramm und hatte eine athletische Figur. Im Gegensatz zu Rob und Eddy hatte er keine Probleme, in das Auto ein- und auszusteigen. Woraufhin die beiden fast gleichzeitig beschlossen hatten, dass Dave hinten sitzen würde.

Rob griff unter den Sitz und zog an etwas. Dave konnte nicht erkennen, was Rob tat.

„Hey, was machst du?“, fragte Dave.

„Na, nach was sieht es denn aus?“, fuhr Rob ihn an.

„Keine Ahnung!“, schnauzte Dave zurück.

„Ich versuche, diesen Scheißsitz umzuklappen, damit du verdammt nochmal aussteigen kannst. Aber ich finde diesen Scheißhebel nicht“, schimpfte Rob.

„Fuck man, beeilt euch doch mal. Die kriegen uns alle, wenn ihr euren fucking Arsch nicht bald mal hier rausbekommt“, schallte es mit zitternder Stimme von Eddy.

„Entspannt euch“, entgegnete Rob mit einer Ruhe, die beiden signalisierte, dass er alles im Griff hatte und jetzt besser keine Widerworte kommen sollten.

Rob besaß diese besondere Aura, dass man selbst in angespannten Situationen steht‘s das Gefühl hatte, ihn könnte nichts aus der Ruhe bringen. Wie sollte er auch aus der Ruhe kommen, nach alldem, was er in seinem noch jungen Leben bereits erlebt hatte? Rob hatte schon früh gelernt, was es bedeutete, wenn man nur Scheiße zu fressen bekam. Sein Leben war eine traurige Aneinanderkettung von Fehltritten und Schicksalsschlägen. Rob war Einzelkind, zumindest solange, bis er nach dem Tod seiner Mutter kurz nach seinem zehnten Geburtstag in das Kinderheim gekommen war. Sein Vater hatte die Familie bereits früh verlassen, was wahrscheinlich auch besser war, da er ein lausiger Vater gewesen war. Die ganzen Gewaltübergriffe auf seine Mutter. Rob hatte Dave mal erzählt, dass ihr Körper von Narben übersäht war. Robs Mutter hatte ihm einmal im Vollrausch von den Schlägen, Tritten und den Erniedrigungen durch seinen Vater erzählt. Sie hatte ihm offenbart, er würde wie aus dem Gesicht seines Vaters geschnitten aussehen, sodass seine Mutter Rob einerseits liebte, aber gleichzeitig auch tiefen Hass ihm gegenüber empfände. Rob hatte immer gesagt, dass die Wunden, die sein Vater seiner Mutter in physischer sowie psychischer Art zufügte, auch letztlich zu ihrem Tod geführt hatten. Er hatte seinem Vater nie verziehen und am liebsten hätte er ihm alles heimgezahlt. Doch dieser hatte sich selbst gerichtet. Wenige Monate vor dem Tod seiner Mutter hatte Rob sie abends weinend vor der Haustür aufgefunden. Sie war total betrunken gewesen. Ihr Gesicht war tränenüberströmt und neben ihr hatte eine fast leere Schnapsflasche gelegen. Als Rob sie damals unter größter Mühe in das Apartment geschleppt hatte, um sie dort ins Bett zu legen, hatte sie ihm schluchzend erzählt, sein Vater hätte sich zu Tode getrunken. Nach diesem Tag wurde nie wieder über Robs Vater gesprochen. Dave hatte sich damals auch nicht getraut nachzufragen, da er merkte, dass Rob noch schwer darunter litt.

Die beiden hatten sich in der Schule kennengelernt. Dave ging zu diesem Zeitpunkt in die fünfte Klasse der örtlichen Realschule Tesburg. Er erinnerte sich noch genau an den ersten Tag, als die Lehrerin den Neuen mit in die Klasse brachte, ihn auf den Stuhl setzte und anschließend vorstellte. Rob hatte wie apathisch dagesessen und kein Wort gesagt. Die Lehrerin hatte die Klasse zwei Tage zuvor auf den neuen Klassenkameraden vorbereitet. Sie hatte ihn als schüchternen Jungen vorgestellt, der erst mal eine gewisse Eingewöhnungszeit brauchen würde. Ein Großteil hatte Rob direkt ab dem ersten Moment abgetan. Dave hingegen war immer schon neugierig auf das Unbekannte und Ungewisse. Er wollte alles daransetzen, herauszufinden, wer Rob war und wieso er eine solche Anteilslosigkeit an sich hatte.

„Hey, Kleiner, wird das heute noch was?“, riss Rob Dave erneut aus den Gedanken.

Kleiner, so hatte Rob ihn auch früher schon genannt. Erst jetzt bemerkte Dave, dass Eddy inzwischen das Radio eingeschaltet hatte und die letzten Töne von dem Song „Highway to Hell“ leise durch das Auto drangen. Dave löste mit seiner linken Hand den Gurt und griff gleichzeitig mit seiner rechten Hand nach dem Rahmen der bereits offenstehenden Beifahrertür. Rob stand schon vor dem Auto. Er hatte sich wiederaufgerichtet, nachdem er Dave gerufen hatte. Rob war der größte von den dreien. Er war noch mal einen Kopf größer als Eddy und brachte gut zwei Zentner auf die Waage. Oft hatte er Rob gesagt, wäre sein Leben anders verlaufen, so hätte er vielleicht der nächste Dirk Nowitzki werden können. Doch das Leben hatte dies für ihn nicht vorgesehen.

Dave kannte Rob nur in sportlicher Freizeitkleidung, so trug er auch heute wieder seine lange, dunkle Sporthose, sein dunkelblaues Sportshirt und seine Air Max. Die Hose und das T-Shirt besaß er bereits viele Jahre. Die Sachen waren schon fast Bestand des Duos, da sie bei so vielem, was die beiden erlebt hatten, dabei gewesen waren.

Ein kühler Luftzug blies Dave entgegen, als er aus dem Auto stieg.

„Etwas frisch heute“, sagte Rob.

„Es geht“, entgegnete Dave.

Er bemerkte, dass es schon fast dunkel war. Am Horizont waren die letzten Sonnenstrahlen an diesem recht kühlen Frühlingsabend Ende März nur noch zu erahnen. Es würde nur noch wenige Minuten dauern, ehe der Schatten der Nacht auch das letzte Fünkchen Licht innehatte und die nächsten Stunden die Dunkelheit herrschen würde.

Einige Meter von den dreien entfernt erwachten die ersten Straßenlaternen zum Leben. Der Lichtabwurf ließ jedoch zu wünschen übrig. Die schwache Beleuchtung würde bestenfalls die Umrisse einer Person erkennen lassen, an eine genauere Personenbeschreibung war nicht mal im Traum zu denken.

Aber was kümmerte es Dave, die Dunkelheit würde ihr Vorhaben sowieso begünstigen. Deswegen hatten die drei sich auch auf diese Uhrzeit geeinigt.

Die Entscheidung war schnell gefallen. Das erste Treffen hatte vor zwei Tagen stattgefunden. Rob hatte Dave überredet und gesagt, er würde noch jemanden mitbringen. Die Besprechung lief ab wie sonst auch. Rob hatte Uhrzeit und Örtlichkeit bekanntgegeben, und kurze Zeit später hatte man sich getroffen. Ursprünglich trafen sich Rob und Dave in einer kleinen Hütte fernab von jeglicher Zivilisation in den Wäldern von Nordern. Sie war vor einigen Jahrzehnten durch die damaligen Bergarbeiter gebaut worden. Nachdem die Ressourcen des Berges nahezu völlig erschöpft gewesen waren, wurde das Bergwerk sillgelegt und die Minenarbeiter waren zu ihrem nächsten Bergwerk gezogen. Damals galten die stillgelegten Minen als wahre Touristenattraktion, als die Regierung die Minen jedoch Ende der 1980er-Jahre als einsturzgefährdet deklarierte, setzte der Tourismus schlagartig aus. Ein Hotel, das erst wenige Jahre zuvor extra für die Touristen dort gebaut worden war, hatte schließen müssen, da die Bettenbelegungen ausblieben. Jahre später machte das Hotel noch mal ein paar Schlagzeilen, als sich dort ein paar jugendliche Streuner eingenistet hatten. Damals hatte es jedoch kaum einen interessiert, bis zu dem Tag, als einer der Jugendlichen durch seinen unachtsamen Umgang mit seinen Zigaretten einen Teil des Waldes in Flammen steckte. Die Feuerwehren der Gegend hatten enorme Probleme gehabt, das Waldstück zu löschen. Zum einen lag es weit außerhalb jeglicher Städte und zum anderen war das Gelände äußerst unwegsam. Letztlich konnte das Feuer nur durch Zutun der Natur gelöscht werden, da ein monsunartiger Regenschauer über mehrere Tage über das Land zog und so auch den letzten Funken im Keim erstickte.

Seit der Schließung der Minen und dem Brand war das Interesse der meisten Menschen an dem Waldstück verschwunden. So kehrten nach und nach die Natur und die Tiere wieder und eroberten alles zurück. Rob und Dave hatten damals direkt das Potenzial erkannt und diese Hütte zu ihrem Quartier bestimmt. Von da an trafen sich die beiden dort regelmäßig, wenn es etwas zu besprechen oder zu planen gab.

Da Eddy neu dabei war, hatte Dave Rob dazu gedrängt, ihn nicht mit zur Hütte zu nehmen. Dave wollte keinen Fremden dort haben. Er hatte Rob gegenüber geäußert, es sei zu riskant, einen Fremden mitzubringen. Dieser könnte sie verpfeifen und das Versteck verbreiten. Rob hatte Dave damals zugestimmt. Als dieser sich jedoch ehrlich fragte, war es ihm viel wichtiger, keinen anderen dorthin zu lassen. Es war inzwischen eine zweite Heimat für ihn und es hingen einfach zu viele Erinnerungen an diesem besonderen Ort. Er wollte dort keinen Fremden, von dem er nicht wusste, ob er ihm trauen kann.

„Hey, da tut sich etwas!“, rief Eddy aus dem Fahrzeuginnenraum.

Rob und Dave blickten hinüber zu dem Gebäude. Im Lichtkegel der Außenbeleuchtung konnten sie eine Person mittlerer Größe erkennen, die aus der Tür auf der Rückseite des Hauses trat. Als die Tür ins Schloss fiel, drehte sich die Person um neunzig Grad und ging schnurstracks in Richtung eines Pkws, der auf dem Parkplatz der Gebäuderückseite stand.

„Es ist wohl bald Feierabend“, sagte Rob und blickte dabei in Richtung von Eddy, der inzwischen das Fenster auf der Fahrerseite heruntergelassen hatte.

Der Motor des Autos auf dem Parkplatz hinter dem Gebäude heulte kurz auf. Es setzte zurück, drehte und fuhr dann vom Parkplatz. Nach wenigen Sekunden war es hinter einer Kurve verschwunden.

Rob ging zum Kofferraum und drückte das Schloss herein. Der Kofferraumdeckel sprang mit einem Satz aus der Verriegelung und Rob konnte ihn aufziehen. Ein leises Quietschen zog sich durch die sonst stille Abendstunde.

„Könnte mal wieder Schmiermittel vertragen“, sagte Rob.

„Ja, gleich morgen früh wird es das erste sein, was ich mir von ...“, sagte Eddy mit gedämpfter Stimme aus dem Innenraum, als er von Rob unterbrochen wurde.

„Scheiße, du solltest dir direkt eine neue Karre zulegen“, sagte Rob mit einem leichten Lachen in der Stimme.

„Ein Wunder, dass wir überhaupt mit der Schleuder bis hierhin gekommen sind, aber was soll man von einem Auto für zweihundert Moneten schon erwarten?“, fuhr Rob fort. Eddy und Dave schwiegen. „Egal, jetzt sehen wir erst mal, dass wir die Nummer hier durchziehen. Eddy, hol das Prepaidhandy und mach den Anruf bei den Cops“, befahl er.

Eddy griff in das Handschuhfach und zog ein neues Mobiltelefon aus einem Karton.

„Sag denen, dass du einen Unfall hattest und jemand dabei verletzt wurde. Lass es dramatisch klingen. Sag so etwas wie: Hier sei überall Blut und die Person, die du angefahren hättest, wäre bewusstlos. Dann sagst du, dass du mitten an der Waldlichtung im Süden von Tesburg stehst und dein Empfang sehr schlecht wäre. Danach legst du auf.“

Eddy nickte und begann, die Nummer zu wählen.

„Das sollte die Cops etwas beschäftigen“, ergänzte Rob schließlich und blickte dabei zuversichtlich zu Dave. „Hier, Kleiner, fang.“

Er warf Dave eine schwarze Sturmhaube zu.

Dave fing sie auf und bedachte Rob mit einem letzten Blick, ehe er sie mit beiden Händen packte und über seinen Kopf zog.

Aus dem Fahrzeuginneren hörte man Eddy sprechen.

„Ähm, ist da die Polizei? Ich … äh … fuck … ich … habe einen Menschen überfahren.“

Rob hatte die Maske ebenfalls über den Kopf gezogen und blickte zu Dave.

„Das ist wohl unser Zeichen … na dann mal los, it’s Showtime“, sagte Rob und machte einen Schritt nach vorne.

KAPITEL 2
SHOWTIME

Trotz der Sturmhaube würde Dave Rob immer wiedererkennen. Seine stählernen blauen Augen schnitten durch die Dunkelheit wie die Sonne. Rob war etwa zwei Meter vor Dave. Beide hatten sich ein paar Schritte vom Auto entfernt und waren auf dem Weg zum Gebäude, aus dem eben noch die Person gekommen war.

Es war jetzt viertel vor sieben. Auf dem Parkplatz nahe der Tankstelle stand nur noch ein Auto. Rob schritt entschlossenen Schrittes voran. Die beiden kamen von dem Schotterparkplatz gegenüber. Sie tauchten wie zwei Ninjas aus der Dunkelheit auf. Vor ihnen waren zwei kleinere Pfützen, die das Licht der Leuchtreklame widerspiegelten. Langsam wurden sie vom Schein erfasst.

Als die beiden näherkamen, bemerkte Dave, wie eines der

Lichter flackerte. Direkt darunter hing ein Banner mit der Aufschrift „Don‘t drink and drive“.

Rob drehte seinen Kopf zu Dave und sagte: „Ha, das sollte sich Eddy besser mal zu Herzen nehmen.“

Er richtete seinen Kopf wieder nach vorne und ging weiter.

Dave blickte nach oben und sah eine Kamera. Rob bemerkte seinen Blick.

„Ruhig, Kleiner, die Kameras sind derzeit nicht in Betrieb.“

Dave erinnerte sich, wie Eddy bei dem Treffen davon erzählt hatte. Eddy war als Installateur tätig und hatte beim Mittagstisch von seinen Kollegen erfahren, dass einige Betriebe derzeit keine funktionierenden Kameras hätten. Irgendein Softwareentwickler hatte Insolvenz anmelden müssen. Alle mit dieser Software laufenden Kameras waren daher nicht mehr funktionsfähig. Dass die Firma pleite war, war groß in der regionalen Zeitung auf der Titelseite abgedruckt worden. Über den Softwareausfall und die deaktivierten Kameras wurde jedoch weder in der Presse noch in den Nachrichten berichtet. Entweder hatte die insolvente Firma diese Information bewusst zurückgehalten oder es wurden ein paar nette Summen lockergemacht, um das Schweigen der Medien zu kaufen.

Rob blieb stehen und hantierte vor seinem Körper.

„Was ist?“, fragte Dave.

„Nichts, ich wollte nur nochmal mein T-Shirt richten, schließlich wollen wir ja ein gutes Bild abgeben.“

Beide standen jetzt nur noch wenige Meter von dem Eingang entfernt. Dave machte einen Schritt nach vorn. Der dominante Geruch von Benzin trat ihm in die Nase. Er konnte das Schild der Tankstelle klar vor sich sehen. Jeweils zwei Tanksäulen, die sich gegenüberlagen. Es gab insgesamt vier. An keiner stand mehr ein Auto. Die Waschstraße im hinteren Bereich des Tankstellengeländes, die noch vor wenigen Minuten in allen möglichen Farben wild blinkend geleuchtet hatte, war inzwischen abgeschaltet worden. Rechts neben der Auffahrt war ein Regal mit Blumentöpfen aufgestellt, wobei nur noch ein letztes Paar Margeriten zum Verkauf angeboten wurde. Die Blätter der Pflanze hingen kraftlos herunter und einzelne Blüten waren schon abgefallen.

Bei den Abgasgerüchen würde ich auch eingehen, dachte Dave. Er drehte sich ein letztes Mal in Richtung des Autos um, in dem Eddy auf die beiden wartete. *Er steht noch da. Zum Glück*, dachte er.

Schließlich hatte er Eddy erst zweimal gesehen und konnte ihn nicht wirklich einschätzen. War er nun loyal den beiden gegenüber oder würde er sie bei der ersten Gelegenheit den Haien zum Fraß vorwerfen?

Für eine solche Grundsatzfrage war aber nun wirklich kein guter Zeitpunkt. Dave würde nichts anderes übrig bleiben, als sich darauf zu verlassen, dass Eddy auch noch in ein paar Minuten dort stand und mit dem Auto vorgefahren kam, um Rob und ihn einzuladen. So hatten sie es zumindest besprochen.

Die Schiebetür der Tankstelle öffnete sich und Rob trat dicht gefolgt von Dave ein. Der Verkaufsraum war fast leer. Eine Frau mittleren Alters stand in der Ecke nahe dem Eingang und studierte die Magazine, die mit dem neuesten Klatsch und Tratsch der Stars und Beautys aufwarteten. Sie war so in die Zeitungen vertieft, dass sie nicht bemerkte, wie zwei maskierte Männer hineingekommen waren. Was könnte auch wichtiger sein, als zu wissen, welcher Star mal wieder ein Alkoholdelirium hatte oder wie die neue Sommerfrisur der Mopszucht vom Königshof ausfallen würde? Diese vertiefte Recherche konnte Dave nur recht sein, so musste er sich nicht allzu stark auf das in Schachhalten der Frau konzentrieren. An der Kasse stand ein junger Mann, nicht älter als zwanzig Jahre. Er hatte kurzes rotes Haar und trug eine schwarze Brille. Er war gerade groß genug, um über den Verkaufstresen schauen zu können. Vielleicht hatte man ihm aber auch schon einen Hocker hingestellt, von dem er sich den ganzen Tag nicht bewegen durfte, da die Kunden sonst davon ausgingen, dass die Tankstelle unbesetzt sei.

„Ladies and Gentlemen! Wenn ich kurz um Ihre geschätzte Aufmerksamkeit bitten dürfte. Dies ist ein Überfall. Bitte seien Sie kooperativ und …“, rief Rob und pausierte kurz.

Die Frau bei den Magazinen hatte die beiden maskierten Männer nun wahrgenommen und vor Schreck die Klatschblätter fallen gelassen. Gefolgt von einem grässlichen Schrei, der jedes Weinglas zum Platzen gebracht hätte.

„Aber, aber gnädige Frau. Sie wollen doch keinen Herzinfarkt erleiden. Wenn ich Sie daher bitten dürfte. Ach, und wenn Sie das mit dem Schreien bitte künftig unterlassen würden. Ich habe Sie auch so schon wahrgenommen. Also, weiter im Text: Wenn Sie Ihr Geld bitte in die Tasche, die mein Kollege gleich aufhält, geben würden, wären wir Ihnen sehr verbunden“, setzte Rob fort.

In seiner Stimme schwang ein beruhigender, aber doch befehlerischer Unterton mit. Seine Art der Ansprache hatte etwas von Sarkasmus und Gentlemen. Eine undefinierbare Mischung aus beidem.

Rob blickte zu Dave und nickte ihm zu. Dave wusste, was zu tun war und zog eine kleine Tragetasche ohne jegliche Aufschrift aus seiner Hosentasche.

„Wenn ich nun um den Obolus bitten dürfte“, sagte Rob, wandte sich in Richtung der Kasse und ging auf diese zu. „Sorge du dich um unsere High Society. Ich werde in der Zwischenzeit mit unserem Roten Baron parlieren.“

Dave öffnete die Tasche und streckte sie der Dame an dem Zeitungsregal entgegen. Diese öffnete breitwillig ihr Portemonnaie und warf ihr gesamtes Geld hinein. Er sah zwei orangene, einen blauen und einen grauen Schein, dazu hörte er noch das Klirren einiger Münzen.

„Wir haben hier etwa hundertdreißig“, sagte Dave.

„Sehr gut“, erwiderte Rob. „Seien Sie versichert, junge Frau, das Geld ist bei uns besser angelegt als in irgendwelchen Magazinen“, ergänze er.

Rob war nun an der Kasse angekommen. Der junge Kassierer stand einem Riesen gegenüber. Die Szene wäre einer Verfilmung des Kampfes zwischen David und Goliath gleichgekommen, nur dass David dieses Mal vermutlich keine Steinschleuder dabeihatte.

Rob beugte sich leicht über den Tresen und zeigte auf die Kasse.

„Öffnen“, sagte er.

„Das … das kann ich wirklich nicht machen. Ich, ich verliere meinen Job und …“, stotterte der junge Kassierer.

„Willst du lieber deinen Job verlieren oder dein Leben …? Deine Entscheidung!“, sagte Rob.

Er griff unter sein T-Shirt in den Hosenbund und zog einen silbernen Revolver 9mm heraus. Diesen hielt er direkt auf den jungen Mann hinter der Kasse gerichtet.

„Was soll das?“, fragte Dave mit unsicherer Stimme. Seine Nervosität war nun kein Geheimnis mehr. Ein eiskalter Schauer lief ihm den Rücken herunter. Hatten Sie nicht vereinbart, sie würden den Überfall ohne echte Waffen durchziehen? War es Eddys Idee gewesen, doch eine Waffe mitzunehmen? Und woher zum Teufel hatte Rob auf einmal diesen Revolver?

„Ganz ruhig, Kleiner. Das ist jetzt nicht der richtige Zeitpunkt“, sagte Rob.

Dave wollte noch etwas sagen, doch er bemerkte, dass er schlagartig einen trockenen Mund bekam. Es war, als wäre sein ganzer Speichel mit einem Mal verpufft. Er konnte nicht einmal mehr vernünftig schlucken. Als wäre er einen Marathon gelaufen, ohne auch nur einen Tropfen Wasser zu trinken.

„Die Kasse! Das Geld! Jetzt!“, sagte Rob. Seine Stimme war nun tiefer und wesentlich ernster als noch bei der ersten Ansprache vor weniger als zwei Minuten.

Mit einem Mal wandelte sich die Situation.

Klar, ein Überfall ist ein Überfall, dachte Dave. *Aber ein Überfall mit einer Waffe ist eine ganz andere Liga*, setzte er seinen Gedanken fort.

Die Anspannung war förmlich zum Greifen nah. Sie durchzog den Raum wie eine dicke, dichte Nebeldecke, die selbst das stärkste Licht kaum zu durchdringen vermochte.

„Öffnest du jetzt die Kasse oder muss ich rumkommen und sie aufbrechen?“, fragte Rob.

Der Kassierer stand wie angewurzelt da. Seine Augen waren weit aufgerissen. Auf seiner Stirn hatten sich bereits einige Schweißperlen gebildet, die unaufhaltsam über die Stirn, die Brauen bis in die Augen liefen. Rob blickte an dem Jungen herunter, bis er in Höhe der Brust ein Namensschild mit der Aufschrift „J. Smith“ erkannte.

„Nun, Herr Smith, wie ich sehe, hat es Ihnen die Sprache

verschlagen, da werden wir wohl nicht drum herumkommen ...“, erklärte Rob, als der junge Herr Smith wie von Geistern gelenkt mit seinen Fingern anfing, den PIN zur Öffnung der Kasse einzugeben. Sein Blick war dabei kerzengerade nach vorne gerichtet. Ohne auch nur einmal zu blinzeln oder nach unten zu sehen, gab er den Code ein. Als nach der sechsten Ziffer ein kurzes Bing erklang, klackte der Kassendeckel und klappte nach oben auf.

Rob griff mit seiner linken Hand über den Tresen, direkt vor Smith in die Kasse. Er griff von links nach rechts in alle Fächer, in denen Geldnoten gelagert waren, und stopfte diese nach und nach in seine Stofftasche. Als er auch den letzten Schein gegriffen hatte, lehnte er sich wieder zurück, um nicht mehr über dem Tresen zu hängen. Er blickte den jungen Smith an und sagte: „Vielen Dank für die Kooperation. Ich werde Ihr Engagement positiv in Erinnerung behalten.“

Noch bevor er sich umgedreht hatte, hörte er, wie sich die Schiebetür am Eingang öffnete und jemand einen Fuß in den Verkaufsraum setzte. Dave war so von der Situation überrumpelt, dass er nicht mitbekommen hatte, dass ein Auto vor der Tankstelle gehalten hatte.

Rob drehte sich in Richtung Eingangsbereich, um zu sehen, wer gekommen war. Er hielt den Revolver in der rechten Hand, in der linken die Stofftasche mit dem Geld.

Aus dem Augenwinkel konnte er den Umriss einer männlichen Person erkennen, die genau in seine Richtung blickte. Sie hielt etwas vor dem Körper zielgerichtet in seine Richtung.

Der Klang eines Pistolenschusses peitschte durch den Raum. Rob spürte einen stechenden Schmerz an seinem rechten Bein. Er umklammerte mit seiner rechten Hand weiterhin den

Revolver und zielte in Richtung der Schiebetür. Dann zog er am Abzug. Es vergingen gefühlte Minuten, bis das Projektil durch den Lauf getrieben wurde.

Zeitgleich mit dem Schuss von Rob peitschte erneut ein Pistolenschuss von der Eingangstür durch den Laden. Er spürte, wie ein Fremdkörper seine Brust bis zur Schulter durchbohrte. Wieder dieser stechende Schmerz. Alles verlief in Zeitlupe. Rob erkannte, wie die Person an der Eingangstür zu Boden ging. Auch er sank in die Knie und knallte dabei mit seinem Rücken gegen den Kassentresen, über den er sich eben noch gebeugt hatte.

Mit offenem Mund und weit aufgerissenen Augen blickte er benommen um sich und registrierte, wie Dave schreiend auf ihn zugerannt kam. Er schaute an seinem linken Oberkörper herab und sah zu, wie sich sein Shirt mit Blut tränkte. Auf seiner linken Brust trat ein warmes Gefühl ein, so als hätte er sich ein Heißgetränk übergeschüttet. Im Hintergrund vernahm er leises Frauenweinen. Über ihm ertönte das Summen der Lampenröhren, das ihn an das Summen von Bienen erinnerte. Hinter sich hörte er Smith schluchzen. Er blickte nach links und rechts. Alles wirkte surreal, die Verpackungen, das Licht der Lampen. So, als wäre er nicht mehr Teil der noch eben abgelaufenen Szene.

Endlich erreichte Dave Rob.

KAPITEL 3
AUF DER FLUCHT

„Fuck! Was ist passiert, geht es dir gut?“, fragte Dave.

Zitternd und nach Luft ringend blieb er bei Rob stehen und kniete sich neben ihn.

„Scheiße, du blutest ...“, sagte er mit einsetzender Panik in der Stimme.

Auf dem T-Shirt von Rob hatte sich auf der linken Seite unterhalb der Schulter bis zur Mitte seiner Brust ein Blutfleck ausgebreitet. Schnell griff Dave in seine Hosentasche und zog eine weitere Stofftasche hervor. Geistesgegenwärtig drückte er sie auf die Wunde, um die Blutung zu stoppen.

Rob stöhnte kurz und biss dann die Zähne zusammen.

„Los, du musst aufstehen, wir müssen hier weg!“, sagte Dave.

Er griff nach Robs rechtem Arm und legte sich diesen um den Nacken. Mit seinem linken Arm fasste er ihn unter der Achsel, während er mit der rechten Hand weiter mit der Stofftasche auf die Wunde drückte.

„Auf drei ... eins, zwei, drei!", sagte Dave.

Unter Stöhnen gelang es ihm, Rob auf die Beine zu bringen. Er hatte die anderen beiden Anwesenden im Raum bereits vollkommen vergessen. Für ihn galt es jetzt nur noch, seinen Freund und sich aus der Tankstelle in Eddys Auto zu bringen.

Dave und Rob humpelten zu Eingangstür. Dave warf einen Blick zum Zeitungsregal. Die Frau lag mit beiden Armen über dem Kopf verschränkt auf dem Boden und betete leise. Die Schiebetür der Tankstelle stand noch offen. Sie konnte nicht schließen, da das linke Bein des Mannes mit der Waffe auf der Türschwelle lag. Unter ihm hatte sich bereits eine große Blutlache gebildet. Sein Kopf lag mit dem Gesicht nach unten auf dem Boden. Er bewegte sich nicht mehr. Direkt neben ihm lag seine Pistole und sein Handy.

Dave schob mit seinem Fuß das Bein des leblosen Körpers beiseite, damit er mit Rob an diesem vorbeikam. Als er gegen das Bein drückte, hoffte er auf eine Reaktion von dem Mann, und sei sie noch so klein. Doch das Bein ließ sich ohne Gegenwehr wegdrücken wie ein Ast, der im Weg lag. Dave war mit einem Mal klar, dass der Mann tot sein musste. Wieder lief ihm ein eiskalter Schauer den Rücken herunter. Doch für große Emotionen war jetzt keine Zeit. Zusammen mit Rob im Stütz passierte er den Toten. Rob und Dave standen nun direkt vor der Tür.

Quietschende Reifen ertönten in der Ferne.

Eddy, dachte Dave.

Doch Eddy war weg. Der Parkplatz, auf dem er eben noch mit seinem Auto gestanden hatte, war leer.

„Scheiße, was machen wir jetzt?“, fragte Dave.

Mit einem schmerzverzehrten Gesicht sagte Rob: „Schau, ob der Typ einen Autoschlüssel dabeihat!“

Rob lehnte sich an die Blumenständer. Dave löste seine Arme von ihm und drehte sich um. Er kniete sich neben den leblosen Körper und begann, in seinen Taschen nach dem Schlüssel zu suchen. In der rechten Tasche fand er ein Portemonnaie. Dave zog es heraus und legte es neben sich.

„Irgendwo muss doch der verdammte Schlüssel sein“, fluchte Dave.

Er konnte ihn nicht finden, hörte aber bei jeder Bewegung des Körpers das Rascheln eines Schlüsselbundes. Er griff in die linke Tasche. Nichts. Dann in die rechte. Ebenfalls nichts.

„Guck am Hosenbund“, befahl Rob.

Dave drehte den leblosen Körper auf den Rücken. Zwischen dem ganzen Blut war nun klar der Schriftzug „Sicherheit“ zu erkennen. Am Hosenbund befand sich ein Waffenholster. Direkt daneben war ein Karabiner angebracht. An diesem hing der Schlüsselbund, den Dave so verzweifelt gesucht hatte.

Er klickte den Bolzen um und konnte so den Schlüsselbund herausnehmen.

„Und?“, fragte Rob.

„Ich hab ihn …“, antwortete Dave.

Er griff nach dem Portemonnaie. Nachdem er sich aufgerichtete hatte, ging er noch einmal zu der Tasche mit dem Geld, die er zuvor fallen gelassen hatte, als die Schüsse fielen. Dann kehrte er durch die Eingangstür zurück zu Rob, der sich keinen Zentimeter von dem Blumenständer fortbewegt hatte.

Er drückte auf dem Autoschlüssel auf das Symbol mit dem offenen Schloss. Auf dem Tankstellengelände blinkten zweimal hintereinander die Warnblinker auf.

Er griff Rob wieder unter die Arme und brachte ihn zu der Beifahrerseite eines Mazdas älteren Fabrikats.

„Ahhh ... nicht so schnell!“, stöhnte Rob.

„Wir sind fast da“, sagte Dave.

Als die beiden am Auto angekommen waren, stützte Rob sich auf der Motorhaube ab. Dave rannte derweilen um das Auto herum und riss die Beifahrertür auf. Ein kurzes Quietschen ertönte. Inzwischen war die Dämmerung in Dunkelheit übergegangen. Selbst die letzten Sonnenstrahlen, die er eben noch gesehen hatte, waren nun verschwunden.

Er rannte wieder zu Rob, packte ihn und bugsierte ihn in den Wagen. Rob fiel wie ein nasser Sack auf den Beifahrersitz. Mit einem beherzten Griff packte Dave dessen Beine und drückte sie in den Fußraum.

Jetzt rannte er wieder um das Auto, öffnete die Fahrertür und sprang nahezu hinein. Mit einem gezielten Stich steckte er den Schlüssel in das Zündschloss und drehte ihn bis zum Anschlag. Mit einem Ruckeln sprang der Motor an. Dave löste die Handbremse und kam dabei gegen einen Knopf, der im Armaturenbrett verbaut war. Es ertönte das kurze mechanische Geräusch eines CD-Wechslers. Dave drückte das Gaspedal voll durch und ließ die Kupplung mit einem Satz kommen.

Würg jetzt bloß nicht ab, dachte Dave, als er die Kupplung schon fast zu Hälfte kommen ließ.

Der Wagen gehorchte und schoss mit quietschenden Reifen los. Zeitgleich sprang das erste Lied der CD an. Die Töne der Melodie des Songs „A Little less Conversation“ von JXL hallten durch das Auto.

Der perfekte Song für eine Verfolgungsfahrt, dachte Dave, obwohl jetzt sicherlich nicht der richtige Zeitpunkt war, um einen perfekten Song für eine Verfolgungsfahrt zu küren.

Sie bogen auf die Landstraße in Richtung Schnellstraße Tesburg-Nord ab. In der Ferne waren Sirenen zu hören. Je näher Dave und Rob der Schnellstraße kamen, desto lauter wurden sie.

Daves Herz pochte, als wäre er gerade einen Marathon gelaufen. Nun, irgendwie was es ja auch wie ein Marathon, jeder versuchte so schnell wie möglich ans Ziel zu kommen, ohne dass seine Verfolger ihn einholten. Glücklicherweise hatten sie aber bislang keine.

Sie erreichten eine langgezogene Kurve. Dahinter war das blaue Blitzlichtgewitter der Streifenwagen zu erkennen. Daves Herz pochte noch stärker. Jetzt war der Moment gekommen. Jetzt musste es sich entscheiden.

„Abbremsen und dann da rechts rein, auf den Waldweg ...“, riss Rob ihn aus seinen Gedanken.

Dave reagierte, ohne darüber nachzudenken, was es für einen Sinn hatte. Der Wagen schoss aus der Kurve hinein in den Waldweg. Nur wenige Sekunden, nachdem Dave mit dem Wagen zum Stehen kam, rasten drei Streifenwagen hinter ihm die befestigte Straße in Richtung Tankstelle entlang.

Die Sirenen wurden leiser, bis sie fast vollständig verstummt waren. Der dunkle Mazda war fast unsichtbar zwischen den Bäumen und der Dunkelheit der Nacht. Um sie herum war alles friedlich und still. Einzig das Rauschen des Windes durch die Baumkronen erzeugte eine Geräuschkulisse.

„Los, wir fahren auf diesem Weg weiter“, sagte Rob.

„Nein, wir müssen dich in ein Krankenhaus bringen! Der Weg hier führt nach Norden mitten in das Waldinnere von Nordern", protestierte Dave.

„Und dann, was sagen wir dem Arzt? Ich hatte einen Arbeitsunfall, bei dem ich zufällig von zwei Kugeln getroffen wurde?", konterte Rob schwer schnaufend.

„Was schlägst du also vor?", fragte Dave.

„Fahr uns zur Hütte im Wald ... Ich ... Ich, habe einen Bekannten, der hat eine Ausbildung als Sanitäter, der kann mich versorgen", sagte Rob mit kleineren Pausen zwischen den Worten.

„Okay, spar dir deine Kraft! Wie heißt dein Bekannter? Ich kann ihn anrufen", schlug Dave vor.

„Fred, Fred Voilgt", antwortete Rob.

„Okay, gib mir dein Handy, ich suche seine Nummer raus und rufe ihn an, während ich weiter in Richtung Hütte fahre", sagte Dave entschlossen.

Er war über seinen befehlerischen Tonfall selbst überrascht. In der Zwischenzeit drückte Rob mit seiner linken Hand die Stofftasche fester auf seine Wunde. Mit seiner rechten Hand griff er in die Hosentasche, zog sein Handy heraus und reichte es zur Fahrerseite. Dave nahm es entgegen und begann direkt, das Telefonbuch zu durchsuchen. Zeitgleich lenkte er mit der anderen Hand das Auto und fuhr langsam den Waldweg entlang.

„Fred Voilgt, da ist er."

Dave drehte die Musik leiser, drückte dann den grünen Hörer und hielt das Handy an sein rechtes Ohr. Dann folgte das Tuten.

Freizeichen ...

KAPITEL 4
ZUG UM ZUG

Der Mond schien so hell, dass er genügend Licht abwarf, um den Weg auch so zu sehen. Dave schaltete das Licht des Wagens aus und fuhr nun langsamer.

Ein weiteres Tuten ertönte.

„Nun nimm doch endlich ab…“, stöhnte Dave.

Der Mazda rollte weiter über den Waldweg. Immer tiefer in den Wald hinein. Bei dem Tempo würden sie noch Stunden brauchen, bis sie im Herzen des Waldes ankamen.

Das Tuten verstummte. Eine Stimme sprach: „Hey, Leute, danke für den Anruf, ich bin gerade nicht erreichbar. Hinterlasst einfach eine Nachricht nach dem …“

Ein langgezogener Piep ertönte. Dave drückte den roten Hörer und ließ das Handy in seinen Schoß sinken.

„Nur die Mailbox …“

„Versuchs nochmal!“, sagte Rob.

Dave griff nach dem Handy, entsperrte es, suchte im Anrufverzeichnis und drückte die Wahlwiederholung.

Wieder ertönte das Freizeichen, und wieder wartete Dave darauf, dass ihn eine Stimme am anderen Ende der Leitung begrüßte. Doch er wartete vergebens. Auch dieses Mal wurde er nur von der Bandansage in Empfang genommen.

„Wofür haben die Leute ein Handy, wenn sie ja doch nicht erreichbar sind, wenn es drauf ankommt ...“, sagte er mit einer gewissen Gereiztheit in seiner Stimme.

Der Wagen kam abrupt zum Stehen. Dave starrte durch die Windschutzscheibe auf den Waldweg vor ihnen. Eine Wildschweinrotte querte den Weg. Er hätte die Bache und ihre Frischlinge fast allesamt überfahren. Mit ihrem dunklen Fell waren sie bei der Dunkelheit beinahe unsichtbar. Einzig ihre Bewegung hatte er im letzten Moment noch wahrgenommen.

Nun, zumindest etwas zu Essen hätten wir dann schon mal gehabt, dachte Dave und musste über sich selbst innerlich lachen, als er bemerkte, dass Essen jetzt das Bedürfnis darstellte, das am wenigsten von Belang war.

Als auch der letzte Frischling den Weg passiert hatte, setzte Dave die Fahrt langsam fort. Er blickte zu Rob hinüber und bemerkte, dass dessen Blick, ohne zu blinzeln, nach vorn gerichtet war. Es schien, als wäre um ihn herum alles egal. Nur noch der Weg war wichtig.

Dave kannte diesen Blick. Schon bei ihrer ersten Begegnung in der Schule hatte ihn Rob gehabt.

Etwa zehn Meter vor ihnen war nun ein leichtes Gefälle zu erkennen. Dave lenkte den Wagen mittig auf den Weg und rollte über die kleine Schwelle, die den Abgang in die Senke einleitete.

Sie waren fast da. Noch etwa zehn Minuten, und sie würden an der alten Hütte ankommen.

Der Wagen glitt geschmeidig über den Waldboden. Wie eine Wiege wurde er leicht hin- und hergeschaukelt. Müdigkeit machte sich im Auto breit. Die lauwarme Luft des Gebläses durchdrang den Innenraum. Eine Mischung aus verbrauchter und frischer Luft. Dave öffnete das Fenster auf der Fahrerseite, um etwas mehr Sauerstoff in das Fahrzeug zu lassen.

Das Adrenalin ließ allmählich nach.

„Halt an!", stöhnte Rob.

Dave stoppte den Wagen und blickte zu Rob, der zusammengekauert im Sitz saß und seinen Kopf in seine Richtung gedreht hatte.

„Hey, Kleiner ...", stöhnte Rob. Er nahm seine Hand von der Wunde und streckte sie Dave entgegen. „Ich bereue so viel in meinem Leben. So vieles, was ich falsch gemacht habe, so viele, die ich verloren, so viele, die ich zutiefst verletzt habe. Ich habe vergessen, wie es sich anfühlt, wenn man geborgen ist. Ich habe vergessen, was es heißt, geliebt zu werden. Aber eines wusste ich von Anfang an ... ich wusste immer, dass ich mich auf dich verlassen kann."

Robs Augen füllten sich mit Tränen. Er kniff die Augen zusammen, doch konnte nicht verhindern, dass eine davon heraustrat. Langsam floss sie aus dem Augenwinkel über die Wange bis zum Kinn. Er wischte sich die Träne weg. Dave starrte ihn an und bewegte sich keinen Millimeter. Es war, als wäre er versteinert worden. Rob hob den Kopf ein wenig und schaute Dave jetzt direkt in die Augen.

„Du warst immer wie ein kleiner Bruder für mich", sagte er. Dann legte er seinen Kopf in den Nacken und starrte nach oben.

Er biss die Zähne zusammen und holte einen tiefen Luftzug.

Die Tränen strömten nun unaufhaltbar über sein Gesicht. Er schloss die Augen und begann, langsam auszuatmen.

Daves Herz pochte bis zum Anschlag.

„Kleiner, du weißt, wo alles ist. Geh in meine Wohnung und hol dir, was du brauchst …", sagte er schwer atmend. Er schluckte kurz. Seine Atemzüge waren nun deutlich zu hören. „Versprich mir … versprich mir, dass du dich um sie sorgst …", ergänzte er.

Dann öffnete er die Augen, ohne seinen Kopf oder den Nacken zu bewegen, und blickte nach oben. Die Atemzüge wurden kürzer. Seine krampfhafte Haltung lockerte sich. Er sackte tiefer in den Sitz. Die Stille im Auto wurde nur von der schweren Atmung gebrochen. Er machte einen letzten Zug und atmete aus. Der Brustkorb hörte auf, sich zu heben. Auch das Blinzeln setzte aus. Rob war tot.

KAPITEL 5
EINE UNERWARTETE BEGEGNUNG

Dave griff mit seiner Hand nach Rob und schüttelte ihn, doch der bewegte sich nicht. Tränen schossen Dave in die Augen, fassungslos blickte er zu seinem besten Freund. Er schüttelte und rüttelte an ihm, doch keine Reaktion.

„Nein ... nein ... das darf nicht, das darf nicht wahr sein ...", schluchzte Dave.

Minuten vergingen, in denen er nach vorne durch die Windschutzscheibe ins Dunkle starrte. Keine Lichter waren zu sehen, keine Vögel am Singen, nur die ewige Dunkelheit der Nacht.

Keine Trauer, keine Realität. Es war einfach geschehen, und jetzt würde es weitergehen. Daves Mundwinkel zuckten, als würde er gleich zu lachen beginnen. So, als wollte er durch sein Lachen seinem Körper mitteilen, dass er jetzt aus dem Albtraum aufwachen dürfe. Doch es passierte nicht, der Albtraum hielt an. Als etwa eine Viertelstunde vergangen war, begann Dave zu realisieren, dass er noch immer in diesem Scheißauto saß und vor wenigen Minuten einen verdammten Raub begangen hatte, bei dem nicht nur ein Fremder, sondern auch sein bester Freund, sein Bruder, sein Vorbild, gestorben war.

Weitere Minuten verstrichen. Sie fühlten sich wie Stunden oder gar Tage an. Eine Leere umhüllte Dave, eine Leere, die trotzdem eine immense Last darstellte, eine unglaubliche Schwere im Herzen. Die Dunkelheit umarmte ihn wie ein alter Bekannter. Lange war er fortgewesen, doch jetzt war er wieder da, unmittelbar, ganz nah.

Plötzlich wurde die Stille durch das Radio unterbrochen. Die Nachrichten wurden verlesen und der Sender regulierte automatisch die Lautstärke auf ein mittleres Volumen.

Der Nachrichtensprecher faselte irgendwas von politischen Konflikten in Nahost und der Geburt des zweiten Kindes irgendeines B-Promis, ehe er eine kurze Pause einlegte und dann in die lokalen Nachrichten wechselte: „Heute Abend ist es laut Angaben der Polizei zu einem Raubüberfall auf die Tankstelle Tesburg gekommen. Hierbei gab es ersten Zeugenberichten zur Folge einen Schusswechsel zwischen einem der Täter und einem Kunden. Anschließend entwendeten die Täter das Fahrzeug des Opfers und flüchteten von der Tankstelle. Es ist lediglich bekannt, dass die Täter in Richtung Norden flüchteten. Genauere Hintergründe zu der Tat sind bislang nicht bekannt. Die Polizei warnt die Bevölkerung eindringlich davor, Anhalter im Bereich der Schnellstraße Tesburg/Nordern mitzunehmen. Und jetzt weiter zum Wetter ...“

Dave drehte das Radio leise und konnte kaum glauben, was er da eben gehört hatte. Doch er wusste, dass er jetzt weiterfahren musste. Die Polizei würde ihre Suche nicht einfach so einstellen. Er ließ den Wagen wieder an und fuhr langsam los. Der Gurt von Rob war festgezogen, sodass dieser sich trotz der holprigen Strecke kaum bewegte. Nach weiteren zehn Minuten schaltete Dave die Scheinwerfer wieder ein. Jetzt dürfte er weit genug entfernt sein, sodass sie nicht mehr wahrgenommen werden konnten.

Nach weiteren fünf bis zehn Minuten erreichte er endlich die Hütte. Er stellte den Mazda etwas abseits des Weges ab. Die letzten Meter wollte er fußläufig zurücklegen. Er ging hinüber zur Beifahrerseite, packte den Türgriff und nahm einen letzten tiefen Atemzug, ehe er die Tür öffnete. Er berührte Robs Handgelenk. Mit seinem Zeige- und Mittelfinger versuchte er, einen Puls zu fühlen, doch er spürte nichts. Er ließ das Handgelenk wieder los. Der Arm fiel wie ein nasser Sack herunter und blieb an Robs Seite auf dem Sitz liegen.

Dave machte ein paar Schritte zurück und betrachtete das Auto. So wollte er seinen Freund nicht zurücklassen, das hatte Rob nicht verdient. Sein Körper sollte nicht im tiefsten Wald in irgendeinem geklauten Wagen verwesen oder von den Tieren als Aas verzehrt werden. Rob war sicher kein Heiliger, aber auch er hatte einen würdigen Abgang verdient.

Dave ging zur Hütte, um sich zu vergewissern, dass auch wirklich keiner dort war. Der Schlüssel lag wie immer unter der Fußmatte. Ein solch offensichtliches Versteck, doch die beiden waren sich sicher gewesen, in dieses hintere Eck kam sowieso niemand. Daher hatten sie sich entschieden, den Schlüssel einfach unter die Matte zu legen.

Er steckte ihn ins Schloss, drehte um und stieß die Tür auf. Er ging durch die wenigen Räume und kehrte anschließend zum

Auto zurück.

„Keiner da!“, sagte er.

Er wusste nicht sicher, ob er es zu sich selbst gesagt hatte oder, um es Rob mitzuteilen. Gleichwohl, die laute Aussprache der Tatsache brachte ihm Sicherheit für sein weiteres Handeln.

Dave löste den Gurt von Rob und packte ihn unter den Armen. Dann zog er ihn Meter für Meter zur Hütte. Dort angekommen, brauchte er zunächst ein paar Sekunden, um wieder Luft zu schnappen. Nach einer Minute beschloss er, seinen Weg fortzusetzen. Er zog Rob weiter, bis er einen kleinen Verschlag hinter der Hütte erreichte. Dort legte er ihn auf eine alte Decke. Er ging zur Tür und schloss sie hinter sich. Dann kehrte er zurück zum Wagen. Er wollte gerade die Beifahrertür schließen, als er den Revolver im Fußraum sah. Dave bückte sich und griff danach. Er umfasste das inzwischen kalte Metall und zog die Waffe zu sich heran. Dann richtete er sich auf und betrachtete sie. Er hatte nicht viel Ahnung von Waffen. Sein Vater hatte ihn als Kind häufiger mit einem ungeladenen Revolver spielen lassen. Er hatte ihm die Trommel gezeigt und wie das Ganze funktionierte. Auch hatte er ein paarmal schießen dürfen, als er älter wurde.

Die Erinnerungen waren so präsent, als wäre es erst vorletzte Woche gewesen. Dave umfasste den Revolver nun richtig, löste den Bolzen, und die Trommel kippte zur Seite heraus. Noch drei Patronen.

Ein Windstoß durchdrang das Tal, in dem die Hütte stand. Dave spürte den Luftstrom in seinen kurzen Haaren. Die Blätter der Bäume rauschten. Das Knarren der sich im Wind biegenden Tannen war zu hören. Dave knallte die Beifahrertür zu.

Dann ging er hinüber zur Fahrerseite. Als er direkt vor dem

Auto stand, hörte er ein weiteres Geräusch. Eines, das vorher noch nicht dagewesen war. Ein Geräusch, das er nicht direkt zuordnen konnte. Er blickte sich um, die Dunkelheit ließ ihn jedoch nichts erkennen. Da war es wieder. Dieses Mal war er sicher, dass es aus dem Fahrzeuginneren stammen musste. Langsam näherte sich Dave Schritt für Schritt dem Auto. Er blickte durch das Fenster auf den Fahrersitz, konnte jedoch nichts sehen. Er schlich weiter zum Seitenfenster der Rückbank. Er schaute hinein, wieder nichts. Ob sich vielleicht ein Tier in der Zeit, als er Rob zur Hütte gebracht hatte, eingenistet hatte? Dave ging weiter und befand sich nun hinter dem Wagen. Er stand direkt am Kofferraum. Vorsichtig nährte er sich der Scheibe, um in den Kofferraum zu schauen. Die Kofferraumschreibe war jedoch so stark abgedunkelt, dass er nichts erkennen konnte. Mit seiner rechten Hand umklammerte er den Revolver. Egal, was es sein mochte, er hatte noch drei Schuss übrig. Was hatte er noch zu verlieren? Fest entschlossen richtete er die Waffe auf die Heckklappe. Mit der linken Hand tastete er vorsichtig nach dem Griff. Er drückte ihn ein, dann öffnete er den Kofferraumdeckel zunächst für ein paar Zentimeter.

Er konnte noch immer nichts erkennen. Er zog den Deckel weiter auf, bis dieser etwa zu einem Viertel geöffnet war. Blitzartig ließ er den Griff los und machte einen Satz nach hinten. Die Ladeklappe öffnete sich nun Stück für Stück von selbst. Daves Augen waren so groß wie Glasmurmeln. Die Waffe war mit gestrecktem Arm auf das Innere gerichtet. Er traute seinen Augen nicht. Im ganzen Kofferraum verteilt lagen Kinderklamotten, eine Rassel, ein Schnuller, und inmitten der Sachen stand eine Kinderwiege, in der ein Baby lag und Dave ebenfalls mit riesigen blauen Augen anstarrte.

Wieder schien es ihm, als würden Stunden vergehen. Er ließ den Revolver sinken und tat einige Schritte rückwärts, ehe er mit seinem Rücken gegen einen Baum stieß. Dort ließ er sich langsam sinken, bis er mit seinem Hintern auf dem Waldboden aufkam.

Seine Augen waren immer noch weit aufgerissen. Er blickte in Richtung des Kofferraums. Tausende Fragen überkamen ihn.

Wieso hatte er nicht mitbekommen, dass sich dort ein Kind befand? Warum hatte er den Kofferraum geöffnet? Warum war überhaupt ein Kind im Kofferraum? Was war das für ein verrückter Abend? Was sollte er tun?

Dave stand auf und schritt geradewegs auf den Kofferraum zu. Er sah das Kleinkind, offensichtlich ein kleines Mädchen, nicht älter als ein Jahr. Neben ihm lag ein weißer Umschlag. Er griff danach und öffnete ihn. Ein weißes Blatt kam zum Vorschein. Auf der Rückseite war eine Handschrift zu erkennen. Es war jedoch zu dunkel, um den Brief lesen zu können. Dave lief ein paar Schritte, bis er eine kahlere Stelle erreichte, an der sich der Mondschein bis auf den Waldboden durchsetzte. Nun konnte er den Text lesen:

Hey mein kleiner Sonnenschein,
Daddy muss jetzt gehen,
doch werden wir uns wiedersehen.
In einer anderen Welt,
vielleicht ist es dort
um Daddy besser bestellt.
Ich schreibe diese Zeilen
ohne Klarheit,
will nicht länger verweilen

mit dieser Wahrheit.
Du musst jetzt stark sein.
Ich kann dir kein glückliches Leben geben,
mit mir würdest du immer in den Tiefen leben,
hättest keine Chance, in den Höhen zu schweben.
Ich hoffe, du kannst mir vergeben.
Wünschte, ich hätte mehr Humor,
doch dieser Tumor,
an dem ich verrecke,
während ich mich vor der Realität verstecke.
Will mich nicht von dir trennen,
deswegen will ich uns beide verbrennen.
Du und ich, Engel,
entfliehen diesem Gedrängel.
Fernab von allem, was ich bemängle.
Ich liebe dich und hoffe,
du kannst mir verzeihen,
doch wir müssen uns von dieser Welt befreien.
Daddy

Auch ohne diesen Menschen zu kennen, war Dave von den Zeilen des Vaters an seine Tochter tief berührt. Hatte er wirklich sich und seine Tochter umbringen wollen?

Dave schaute sich nun genauer in dem Wagen um und stellte fest, dass sich mehrere Kanister auf der Rückbank befanden. Er öffnete einen der Verschlüsse und roch den unverkennbaren Geruch von Benzin. Er hob die drei Kanister an. Einer war befüllt, die anderen schienen leer zu sein. Als er gerade wieder aus dem Auto klettern wollte, erschrak er. Aus dem Kofferraum halten Schreie. Vor Schreck fiel ihm der Revolver auf den

Fahrzeugboden. Er griff nach dem Revolver, als er ihn erfasst hatte, hob er ihn hoch. Die Trommel hatte sich wieder geöffnet. Er kippte sie zurück, ehe er aus dem Auto kletterte. Er blieb neben der Hintertür stehen. Das Schreien war bereits wieder verstummt.

Er überlegte. Es schien wohl so, als hätte der Vater sein Vorhaben heute Abend umsetzen wollen. Fassungslosigkeit darüber, seine Tochter umbringen zu wollen, machte sich in ihm breit. Welches Recht hatte der Mann, über Leben und Tod zu entscheiden?

Wahrscheinlich hatte er zumindest einen der Kanister eben erst an der Tankstelle befüllt. Daves Gedanken schwankten um.

Warum ist er nicht einfach weggefahren? Er wollte sein Leben doch sowieso beenden, warum ist er in die Tankstelle gekommen, um zu bezahlen? Hätte er nicht einfach wegfahren können?

Dave überkam eine Welle des Zorns.

Hätte er die Kanister gefüllt und wäre einfach weitergefahren, dann würde Dave jetzt mit Rob und Eddy in der Hütte sitzen, gut gelaunt über die Beute. Wahrscheinlich hätten sie noch die restlichen Biere aus dem Kasten von Eddy gekillt und wären dann irgendwann eingeschlafen.

„Warum musstest du dummer Idiot reinkommen?“, brüllte Dave in die Dunkelheit der Nacht.

Sein Schrei war so laut, dass er sich selbst erschrak, wie laut er doch brüllen konnte. Im nächsten Moment zuckte er zusammen und schaute sich um, ob sich irgendetwas bewegte. Hatte ihn jemand gehört? Doch alles blieb still und regungslos.

Hier draußen ist keiner außer mir und ... Daves Gedanke stoppte. *Außer mir und dem Mädchen!*, setzte er fort.

Er eilte zu dem Kofferraum des Autos. Das kleine Mädchen

lag nach wie vor in der Kinderwiege. Seine riesigen blauen Augen waren jetzt direkt auf Dave gerichtet. Jede noch so kleine Bewegung von ihm wurde verfolgt.

Er stand vor der geöffneten Heckklappe, seine Arme hingen am Körper herab, seine Beine standen parallel nebeneinander, seinen Kopf hatte er leicht gesenkt.

Was sollte er nun tun?

In seiner linken Hand hielt er den Brief, in seiner rechten den Revolver. Langsam hob er den rechten Arm.

„Ich werde beenden, was dein Vater sowieso geplant und angefangen hat", sagte Dave.

Er trat einen Schritt näher an den Kofferraum. Mit jedem Zentimeter, den er seinen rechten Arm höher hob, umklammerte er die Waffe fester.

Als sie sich auf Kopfhöhe des Kindes befand, hielt er inne. Der Revolver war nur noch wenige Zentimeter von der Schläfe des Mädchens entfernt.

KAPITEL 6
FINGER AM ABZUG

Dave führte seinen rechten Zeigefinger langsam zum Abzug. Da stoppte sein Finger.

Das kleine Mädchen blickte ihm direkt in die Augen. Seine kleinen Arme und Finger hatte es von sich weggestreckt, in Richtung der Schusswaffe.

Es riss den Mund auf, kniff die Augen zusammen und lachte fröhlich. Seine Hände griffen nach dem kalten Metall des Revolverlaufs und packten diesen. Spielerisch zog es daran. Dann klopfte es dagegen.

Daves Finger näherten sich dem Abzug. Als er ihn erreichte, spürte er, wie sich jedes Haar an seinem Körper aufstellte. Er blickte auf seinen Arm und konnte erkennen, dass er Gänsehaut hatte. Sein Puls schlug so laut, dass er wahrscheinlich noch Meter entfernt zu hören war.

Er zog einige Millimeter an dem Abzug, als das Mädchen die Pistole schlagartig losließ, ihren Mund schloss und ihn mit traurigem Blick anschaute.

Konnte es sein, dass sie genau wusste, was geschah? Sie war doch noch ein Baby, wie sollte sie es verstehen können? Hatte sie die Mimik und den ängstlichen Blick in Daves Augen gesehen und intuitiv gewusst, dass sie sterben würde?

Er stoppte erneut, ließ den Abzug los und führte seinen Finger an die Seite des Revolvers.

Sein Gewissen hatte sich eingeschaltet. Wie konnte er ein kleines Mädchen, das unverschuldet in diese Situation geraten war, umbringen wollen? Überhaupt, wie konnte er ein kleines Mädchen umbringen wollen, egal, ob es Schuld hatte oder nicht? Die Kleine wusste ja noch nicht mal, was Schuld bedeutete, wahrscheinlich konnte sie das Wort nicht einmal aussprechen.

Anders als Dave, der genau wusste, was Schuld hieß. Er zog die Waffe von dem Mädchen weg. Dann drehte er sich um und setzte sich auf die Kante des Kofferraums. Einige Minuten verharrte er in dieser Position. Wieder überkamen ihn Hunderte, Tausende, Hunderttausende Fragen.

Nach zwei Minuten verstummten sie und Dave überkam nur noch ein Gedanke. Alles um ihn herum war ausgeblendet. Er schloss die Augen und stellte sich bildhaft vor, wie er dort in dem Kofferraum saß. Seine Vorstellung war so real und echt, dass er nicht mehr zu unterscheiden vermochte, ob er die Lider geschlossen hatte oder ob sie offen waren.

Die letzten Fragezeichen, die ihm eben noch durch den Kopf geschossen waren, lösten sich auf. Sie verschwanden wie ein Schiff, dass am Horizont davonsegelt. Zurück blieb nur noch dieser eine Gedanke, diese eine Frage, die ihn beschäftigte.

Würde es schnell gehen?

Dave kletterte tiefer in den Kofferraum, sodass er sich an der Rückbank anlehnen konnte. Er hielt den Revolver nun in der linken Hand. Rechts von ihm stand die Kinderwiege.

Er nahm einen tiefen Atemzug, dann hob er erneut den Revolver, bis der Lauf sich direkt neben seiner Schläfe befand. Das Metall berührte seine Haut. Dave schloss die Augen. Bei drei.

Eins ...

Zwei ...

Drei.

Dave krümmte seinen Finger. Er hörte, wie der Hahn sich zurückzog und dann nach vorn schnellte, bis es Klack machte.

Er öffnete die Augen. Es hatte Klack gemacht, aber es war kein Schuss erfolgt. Dave atmete hektisch. Tränen liefen ihm über das Gesicht. Er ließ den Revolver fallen. Seine Augen waren weit aufgerissen, sein Atem ging so schnell wie noch nie. Ein tiefes Schnauzen überkam ihn. Er versuchte, seine Atmung zu kontrollieren, doch es gelang ihm nicht. Sein Körper war voller Adrenalin. Die Tränen schossen unaufhaltsam über seine Wangen. Schluchzend ließ er sie laufen. Er hatte gerade sein Leben beenden wollen, doch der Revolver hatte nicht geschossen. Er spürte, wie jemand seinen rechten Arm berührte. Zwei kleine, zarte Hände hatten ihn gegriffen, als wollten sie ihm sagen: „Hey, ich bin für dich da!“

Dave drehte seinen Kopf nach rechts und sah die Kleine an. Ihre Augen waren voller Freundlichkeit und Zuversicht. Ihr Mund war leicht geöffnet, die Mundwinkel minimal hochgezogen, sodass sie ein Lächeln formten.

Dave spürte, wie ihn seine Emotionen überkamen. Er packte das Mädchen mit beiden Händen unter den Armen und hob es aus der Wiege. Er setzte es direkt vor sich und drückte es an seine Brust. Mit weinerlicher Stimme sagte er: „Verzeih mir! Wie konnte ich es so weit kommen lassen? Fast hätte ich mich erschossen und dich hier im Wald ganz alleine zurückgelassen. Ich wäre kein besserer Mensch als dein Vater. Du hättest nicht mal die Chance auf ein Leben gehabt ... Es tut mir so unendlich leid!"

Er begann, mit seiner Hand über den Kopf der Kleinen zu streicheln. Minutenlang hielt er sie in den Armen und wiegte sie langsam in den Schlaf. Als sie eingeschlafen war, legte er sie vorsichtig zurück in die Wiege.

Dave stand auf und wollte ein paar Schritte gehen. Inzwischen war es fast Mitternacht. Er schloss den Kofferraum. Dann drehte er sich um und ging los. Er erreichte den kleinen See, der sich in der Nähe der Hütte befand. Dort setzte er sich ans Ufer, schloss die Augen und lauschte der Natur. Er war gerade so weit vom Auto entfernt, dass er es noch sehen und, wenn nötig, in etwa einer Minute dort sein konnte.

Als Dave etwa eine Minute still dagesessen hatte, überkam ihn ein Gedanke: *Wieso hat der Revolver eben nicht geschossen?*

Hatte er sich nur eingebildet, dass er den Abzug durchgezogen hat? Aber er hatte doch das deutliche Aufschlagen des Hahns auf den Revolver gehört. Und er hatte gehört, wie die Revolvertrommel zum nächsten Patronenlager drehte. Er zog den Revolver aus seiner Tasche und schaute ihn genauer an. Es waren keine Beschädigungen oder losen Teile zu erkennen. Er öffnete die Trommel.

Sie war leer.

Was? Wie kann das sein?, dachte Dave und traute seinen Augen nicht.

Er hatte die Patronen doch vorher noch gezählt. Drei Patronen hatten sich in der Trommel befunden, bevor er in das Auto geklettert war, um die Kanister zu untersuchen.

Dave kam ein Geistesblitz. Er sprang auf und rannte, so schnell er konnte, zum Auto. Vorsichtig öffnete er die Tür der Rückbank. Leise stieg er ein und suchte den Fußraum ab. Nach wenigen Sekunden spürte er drei kleine Teile zwischen seinen Fingern und zog sie zu sich heran. Da waren sie, die drei Patronen. Er ballte seine Hand zur Faust und ließ die Projektile in seine Hosentasche gleiten.

Nun erinnerte er sich wieder. Als er zuvor die Kanister untersucht hatte, hatte das Kind kurz geschrien und er den Revolver fallen lassen. Nachdem er ihn mit seiner Hand im Dunkeln ertastet hatte, hatte er festgestellt, dass die Trommel aufgekippt war. Ohne zu prüfen, hatte er sie wieder zugeklappt und war zum Kofferraum gegangen. Die Patronen müssen bei dem Fall des Revolvers aus der Trommel gerutscht sein.

Dave beugte sich über die Rückbank, sodass er in den Kofferraum auf die Kleine schauen konnte.

„Kleene, du hast mir das Leben gerettet!“, flüsterte er. „Kleene, toller Spitzname“, sagte er weiter. „Solange ich deinen richtigen Namen nicht kenne oder bis mir ein toller Name für dich einfällt, nenne ich dich ‚Kleene‘. Ist das okay für dich, Kleene?“ Er lächelte das Mädchen an, das noch immer friedlich schlief.

Entschlossen, sich zumindest für heute Nacht in die Hütte zurückzuziehen, durchsuchte er das Auto nach allem Möglichen, das er für sich und die Kleene während der Nacht brauchen würde. Er packte ein paar Klamotten, Babynahrung, eine

Trinkflasche mit Milch, ein paar Spielsachen und zu guter Letzt die Wiege mit der schlafenden Kleenen darin. Vollbepackt schritt er den Weg zur Hütte entlang, öffnete die Tür und legte alles auf dem Tisch ab. Die Kinderwiege stellte er neben das alte klapprige Bett. Dann zündete er zwei Kerzen an, die er in einem der Schränke fand, und öffnete das Fenster auf Kipp. Anschließend verließ er die Hütte wieder und ging zu dem Verschlag nebenan.

KAPITEL 7
ONE MORE LIGHT

Vor der Tür des Schuppens blieb Dave kurz stehen, holte einen tiefen Atemzug und öffnete sie. Er packte Robs Leichnam und brachte ihn ein paar Meter weiter an eine kleine Lichtung zwischen Hütte und See. Dann eilte er zu dem Verschlag zurück. Dort angekommen, hielt er kurz inne, um zu lauschen, ob sich im Inneren etwas tat. Doch er hörte nichts.

Nun holte er aus dem Schuppen einige Bretter und zwei lange Seile, die er sich jeweils über die Schultern warf. Dann ging er erneut zur Lichtung. Er legte die Bretter und die Seile ab, ehe er noch zweimal zurücklief, um weitere Bretter zu holen.

Als Dave einen ganzen Stapel zur Lichtung getragen hatte, legte er diese nebeneinander und befestigte sie provisorisch mit den Seilen. Er zog jeweils eine Schlinge um das erste und das letzte Brett. Die Bretter dazwischen wurden mit dem Seil wie im

Slalom festgezurrt. Nachdem er mit der ersten Seite fertig war, tat er das Gleiche mit der anderen. Das Brettergerippe hielt einigermaßen zusammen, sodass er es auf das Wasser am Seeufer legen konnte und an einem Ast festmachte.

Etwas stolz stand er am Ufer und betrachtete sein Werk. Dann schaute er auf den ruhigen See hinaus. In der Mitte traf der Mondschein auf das Wasser und spiegelte sich auf der glatten Oberfläche wider.

Ein wunderschönes, malerisches Bild, dachte Dave, ehe ihn die Bilder des vergangenen Abends wieder einholten.

Er drehte sich um und ging zurück zum Auto. Von der Rückbank nahm er den gefüllten Kanister und ging in Richtung des Floßes. Dort angekommen verweilte er einen kurzen Moment, um Energie zu tanken. Dann machte er sich auf zur Lichtung und hievte Robs Leichnam über die Schultern. Mit seinen letzten Kraftreserven trug er ihn zum See und legte ihn auf seine Bretterkonstruktion.

Rob lag mit dem Rücken auf dem Floß, seine Hände hatte Dave übereinander auf den Bauch gefaltet. Die Beine waren ausgestreckt, die Augen geschlossen. Es sah so aus, als hätte Rob sich hingelegt und wäre friedlich eingeschlafen.

Dave griff in seine Tasche und zog zwei Münzen heraus, die er auf Robs geschlossene Lider legte.

Er war so in sein Handeln vertieft, dass er alles um sich herum vergaß. Als er Rob fertig platziert hatte, griff er nach dem Kanister und öffnete ihn. Vorsichtig schüttete er ein paar Tropfen auf die Bretter. Als er gerade wieder absetzen wollte, entschied er sich anders, und schüttete das ganze Benzin neben Rob auf die Konstruktion. Anschließend drehte er den Deckel zu und stellte den nun leeren Kanister am Ufer ab.

Dave schwieg für einen Augenblick. Er merkte, wie seine Kehle nahezu trocken war und sich doch einige Tränen in seinen Augenwinkeln ansammelten, ehe sie langsam über seine Wangen flossen.

„Nun ist es wohl an der Zeit", begann er. „Scheiße, ich ... ich habe so etwas noch nie gemacht. Ich hatte die Hoffnung, dass ich es auch nie machen müsste. Erst recht nicht bei einem Freund, meinem besten Freund, meinem Bruder. Rob, ich weiß nicht, was ich machen soll. Ich kann dich nicht in deine Wohnung bringen. Wenn die Bullen mich auf dem Weg dorthin anhalten und ich eine Leiche durch die Gegend fahre ... oder wenn ich dich ins Krankenhaus bringe, was sollte ich dem Arzt sagen, wo deine Schussverletzung herstammt ...? Rob, verzeih mir, dass ich nicht mehr für dich tun konnte. Du warst immer für mich da. Egal, was auch passierte, auf dich konnte ich mich immer verlassen. Und doch musst du mich jetzt verlassen", sagte Dave, ehe er für einen Moment schwieg.

„Ich weiß nicht, was für eine Art Beerdigung du dir gewünscht hättest. Schließlich hatten wir noch das ganze Leben vor uns. Ich hoffe, dass das Geld für den Fährmann reicht. Scheiße ... keine Ahnung, wie ich darauf gekommen bin. Ich habe es mal in einem Film gesehen und ... ja. Du warst immer der Funken Hoffnung, wenn es keine Hoffnung mehr gab. Entschlossen und bereit, obwohl alles verschlossen und entzweit war. Du hast mir gezeigt, dass man für etwas kämpfen muss, wenn man es wirklich haben will. Du hast mir gezeigt, dass es Verschwendung ist, ein Leben lang nach den Regeln der anderen zu leben und nie seine eigenen Ziele zu verfolgen. Du hast mir gesagt, dass es am Ende nicht wichtig sei, wie viel Geld du verdient, welche Autos du gefahren, welche Kleidung du getragen oder mit wie vielen

Frauen du geschlafen hast. Nein, du hast mir gesagt, am Ende zähle nur, ob du mit dir im Reinen bist. Du hast gesagt, das Wichtigste sei, dass du zufrieden auf dein Leben zurückschauen und sagen kannst, das war es und es war toll. Du hast gesagt, am Ende stünden wir immer alleine da. Deine Ratschläge waren unglaublich und weise. Aber, Rob, am Ende stehst du nicht alleine da. Nein. Ich bin hier und ich bin unendlich dankbar, dass ich dich kennenlernen durfte, dass wir Freunde, nein, dass wir Brüder waren. Rob ... ich werde dich nicht vergessen. Ich hoffe es geht dir gut, wo auch immer du jetzt bist. Du bleibst für immer in meinem Herzen. Ich werde dich vermissen! Auf dass wir uns irgendwann wieder begegnen. Ich weiß, du bist nicht weg, du bist nur ein Stück vorausgegangen."

Dave liefen die Tränen nun unaufhaltsam wie ein Fluss über das Gesicht. Er griff in seine Hosentasche und holte eine Packung Streichhölzer hervor. In der Packung war nur noch ein Streichholz. Er strich das Holz an der Packung entlang, ehe ein kurzer heller Schein, gefolgt von einer kleinen Flamme aufging.

Mit dem brennenden Streichholz ging er in die Knie und ließ es die wenigen Zentimeter auf das Floß fallen. Das Benzin wurde sofort entfacht. Dave löste es von dem Ast und stieß es mit einem kräftigen Tritt vom Ufer ab. Innerhalb weniger Sekunden brannte das gesamte schwimmende Grab.

Der Feuerschein erhellte die Umgebung. Dave stand regungslos am See und blickte seinem Freund hinterher. Sein Tränenfluss hatte nachgelassen und die ersten waren bereits getrocknet.

Er stand noch einige Minuten am Ufer und schaute den Flammen dabei zu, wie sie nach und nach alles verschlangen. Dann schloss er die Augen und legte seine rechte Hand auf sein

Herz. Er spürte deutlich, wie es schlug.

Nach etwa zwei Minuten öffnete er seine Lider wieder. Die Flammen waren erloschen und auch das Floß war nicht mehr zu erkennen. Nach einigen tiefen Atemzügen griff er nach dem Kanister und ging wieder in Richtung des Wagens. Auf halber Strecke drehte er sich noch einmal um, doch es war nichts mehr zu sehen. Die Stille und die Dunkelheit der Nacht waren wieder eingekehrt.

Nachdem er das Auto erreicht hatte, stellte er den leeren Kanister wieder auf die Rückbank und begab sich zur Hütte. Vorsichtig öffnete er die Tür und streckte seinen Kopf herein. Die Kleene war noch immer am Schlafen. Die Kerze brannte ruhig vor sich hin und warf gerade genug Licht ab, sodass Dave alles im Raum erkennen konnte.

Er zog seine Schuhe aus und stellte sie neben der Tür ab. Leise setzte er einen Fuß vor den anderen und begab sich zu dem alten klapprigen Bett.

Er bemerkte, wie ihn trotz allem, was passiert war, eine Müdigkeit übermannte. Sein Adrenalin hatte nachgelassen und der Körper forderte nun Ruhe und Erholung ein. Er setzte sich auf die Bettkante, dann warf er seine Beine hoch und legte sich auf die Matratze. Er schloss die Augen. Es begann ein Kampf zwischen der Müdigkeit und den hunderttausend Gedanken, die ihm noch durch den Kopf schwirrten. Nach wenigen Minuten gewann sein Körper, und Dave schlief ein.

KAPITEL 8
YESTERDAY IS GONE, IT'S A NEW DAY

Die ersten Sonnenstrahlen fielen durch das Fenster in den Raum. Langsam verdrängten sie die Dunkelheit der Nacht. Die Kerze war längst erloschen. Am Boden befand sich nur noch ein kleiner Rest Kerzenwachs und der Docht, bzw. das, was noch von ihm übrig geblieben war.

Die Strahlen der Sonne trafen erst auf die Füße von Dave, und mit jeder verstrichenen Minute wanderten sie weiter in Richtung seines Gesichts, bis sie es nach einer guten Viertelstunde erreicht hatten.

Er öffnete die Augen und wurde von dem grellen Licht geblendet. Nach einigen Sekunden der Benommenheit und Leere kehrten die Gedanken, mit denen er eingeschlafen war, wieder. Dave erschrak und machte einen Satz, sodass er auf der Bettkante saß. Die Sonne strahlte ihm noch immer ins Gesicht, sodass er seine Hand hob und sie schützend vor seine Augen hielt. Was war passiert, war alles nur ein Traum gewesen und Rob würde gleich in das Zimmer kommen und ihn für seine verschlafene Visage auslachen?

Oder würde Rob nicht hereinkommen, da er tot war? Dave ließ seinen Blick mit halb zugekniffenen Augen durch das Zimmer wandern. Bei der Kinderwiege blieben sie hängen.

„KLEENE“, schrie er auf.

Mit einem Satz sprang er von der Bettkante und stand kerzengrade neben der Wiege. Langsam zog er die Decke weg und sah sie friedlich liegend.

Wie ein kleiner Engel, dachte er.

Er hatte den Gedanken noch nicht ganz zu Ende gedacht, als die Kleene ihre Lider öffnete und Dave direkt ansah. Ihre strahlend blauen Augen verzauberten ihn im ersten Augenblick. *Diese blauen Augen.* In der Dunkelheit heute Nacht hatte er sie nicht genau sehen können, doch jetzt schienen sie heller als die Sonne zu strahlen. Die Kleene formte ihren Mund zu einem Lächeln, das sie Dave zuwarf.

„Du musst hungrig sein“, sagte er und kramte in den Sachen, die er aus dem Kofferraum mitgebracht hatte. Er fand ein Glas mit Babybrei.

„Hm, na gut, Kleene, lass es uns probieren.“

Er schraubte den Deckel auf, zog einen Löffel aus dem Haufen und tauchte die Spitze in das Glas, sodass der vordere Teil mit Brei bedeckt war. Langsam führte er ihn zu ihrem Mund.

Sie verschlang zu seinem Erfreuen eine Löffelspitze nach der anderen. Sichtlich erleichtert, dass die Kleene aß, konnte er über die paar Breikleckse auf seiner Kleidung hinwegsehen. Nach weiteren Löffeln hörte sie auf und lehnte jeden weiteren, den Dave zu ihrem Mund führte, ab.

„Einen letzten noch?“, fragte er.

Doch sie hatte andere Vorstellungen, stieß den Löffel weg und fing an zu brüllen. Er legte den Löffel zur Seite und murmelte leise: „Ich wusste, dass es irgendwann dazu kommen würde.“

Langsam wog er die Kleene hin und her, doch sie ließ sich nicht beruhigen. Dave kramte in den Babysachen, bis er mit seiner Hand die Rassel fand und sie der noch immer brüllenden Essensverweigerin in die Hand drückte. Nach wenigen Sekunden verstummte das Geschrei, und sie fing voller Begeisterung an, die Rassel zu schütteln.

Vorsichtig setzte er sie auf den Boden und legte ihre anderen Spielsachen neben sie. Er nahm sich vor, die Sachen zu packen und dann mit der Kleenen zu Robs Wohnung zu fahren. Er blickte auf die Uhr. Es war jetzt 8:30 Uhr. Er beschloss, gegen 9:30 Uhr an der Wohnung von Rob zu sein. Das war eine gute Zeit. Die meisten dürften auf der Arbeit sein und die Rentner waren bei irgendwelchen Klatsch- und Tratschtreffen.

Dave packte rasch ein paar Sachen zusammen und ging zum Auto. Nachdem er alles in den Kofferraum geworfen hatte, ging er zurück zur Hütte, um die Kleene zu holen.

Er legte sie in die Wiege und wollte sich zum Wagen begeben. Ein letzter Blick in den Raum. Die Hütte war soweit leer, und er schloss die Tür. Er schritt den Pfad entlang. Am Mazda angekommen, befestigte er die Kinderwiege auf der Rückbank. Anschließend setzte er sich hinters Steuer und startete den Motor, der direkt bei der ersten Zündung ansprang. Dave seufzte erleichtert. Er legte den Rückwärtsgang ein und wendete. Er fuhr los, die Hütte im Rückspiegel immer kleiner werdend. Dave lenkte den Wagen um eine Kurve und konnte sehen, wie die Hütte langsam von links nach rechts durch den Rückspiegel wanderte, ehe sie gänzlich aus seinem Blickfeld verschwand.

Sie fuhren etwa eine Dreiviertelstunde durch den Wald. Langsam ließen sich erste Häuserdächer erkennen, die das Ende des Waldes einläuteten. Dave wusste, dass er mit dem Auto nicht bis an Robs Wohnung fahren konnte. Er suchte sich eine stark bewachsene Stelle auf dem Waldweg und fuhr das Auto möglichst dicht an den Busch heran. Mit der Motorhaube fuhr er leicht in das Gestrüpp hinein, sodass das Kennzeichen nicht abgelesen werden konnte. Er stieg aus und blickte sich prüfend um. Weit und breit war keine Menschenseele zu sehen. Es war absolut ruhig. Dave hörte vereinzelt die Vögel trällern, die den Frühling zu besingen schienen. Er blickte durch das Fenster auf die Rückbank des Autos. Die Kleene war während der Fahrt wieder eingeschlafen. Er überlegte, was er tun sollte. Sollte er sie im Auto lassen, in der Hoffnung, dass keiner vorbeikam und ein Baby im Wagen liegen sah? Oder sollte er es riskieren und sie mit in Robs Wohnung nehmen? Diese befand sich nur wenige Meter vom Waldrand entfernt. Sein Besuch würde unter günstigen Umständen vermutlich gar nicht bemerkt werden.

In dem Haus lebten noch zwei weitere Parteien. Im Erdgeschoss wohnte der Vermieter, der den Großteil der Zeit sowieso nicht zu Hause war, da er irgendwelche Ehrenämter bekleidete. Das Stockwerk darüber bewohnte eine ältere Dame, die weder richtig hören noch sehen konnte. Die perfekten Hausmitbewohner, hatte Rob immer gesagt. Der Alte war nie da, und solange die Miete gezahlt wurde, durfte Rob alles machen. Und die alte Dame hatte so gut wie nie ihr Hörgerät an. Rob hatte sie immer fast anbrüllen müssen, damit sie überhaupt etwas verstand, von ihrem Sehvermögen ganz abgesehen. Nein, die alte Dame würde Dave bestimmt keine Probleme bereiten. Soweit er sich erinnerte, waren die direkten Nachbarn jung und kinderlos. Mit etwas Glück waren zu dieser Zeit alle auf der Arbeit. Aber wieso machte er sich überhaupt Gedanken, schließlich war es ja kein Verbrechen, wenn er Rob besuchen würde? Nur was, wenn jemand Rob als vermisst meldete und man Dave zuletzt an oder sogar in dessen Wohnung gesehen hätte?

Er schloss kurz die Augen und sprach zu sich selbst: „Junge, einfach so wie immer. Geh zum Haus, sag Hallo, falls dich jemand sehen sollte, und tu so, als wäre alles normal. Als hätte keiner gestern Abend deinen besten Freund abgeknallt, während du mit ihm einen Raubüberfall auf eine Tankstelle durchgezogen hast. Sei einfach normal, als hätte er nicht den anderen Typen erschossen. Einfach ganz normal, als hättest du ihn dann nicht mitten in der Nacht auf einem Floß auf einem Waldsee mit Benzin übergossen und verbrannt! ... Oh man, das ist wirklich hilfreich, Dave. Jetzt konzentrier dich!"

Er öffnete die Augen, zog sein Oberteil zurecht, blickte sich nochmal kurz um und beugte seinen Kopf erst zur rechten und dann zur linken Schulter.

„Na gut, dann los", sagte er, ehe er sich entschlossenen Schrittes auf den Weg machte.

Zwischen dem Wald und Robs Wohnung lagen drei Häuser. Dave ging zügig, aber nicht zu schnell, als würde er rennen. Er passierte das erste Haus, dann das zweite. Als er fast am dritten angelangt war, begann links von ihm ein Gitterzaun, der die Gartenmauern der vorherigen zwei Häuser ablöste. Schritt für Schritt lief er am Zaun entlang. Als er etwa in der Mitte angekommen war, sah er aus dem Augenwinkel, wie sich links neben ihm der Busch hinter dem Zaun bewegte. Eine halbe Sekunde später sprang eine Katze mit einem Affenzahn auf den Gehweg und legte dann nochmal einen Zahn zu, nachdem sie Dave erblickt hatte. Er zuckte zusammen und blieb kurz stehen.

Er kannte diese Katze, immer war sie auf der Flucht. Immer hatte sie etwas angestellt oder etwas gesehen, das sie in Panik versetzte. Dave erkannte eine gewisse Parallele zwischen ihm und ihr.

„Naja, zum Glück kann ich mich duschen und muss mich nicht mit meiner Zunge überall putzen“, murmelte Dave, bevor er weiterging.

Nach wenigen Metern erreichte er die Gartentür. Naja, Gartentür war nicht ganz zutreffend, es handelte sich eher um ein großes schwarzes Eisentor. Dave drückte die schwere Klinke nach unten, stieß das Tor auf und stieg die wenigen Stufen bis zur Haustür hinauf. Dort angekommen, hörte er, wie die Pforte gegen den Pfeiler schlug und ins Schloss fiel. Er kramte in seiner Jackentasche nach dem Schlüsselbund und schob den passenden Schlüssel ins Schloss. Er drehte ihn um, bis das Klacken ertönte, das ihm signalisierte, dass er die Haustür nun öffnen konnte.

Vorsichtig betrat er den Hausflur und schloss die Tür hinter sich. Da stand er nun. Alles war dunkel, es war kein Mucks zu hören. Dave atmete erleichtert auf. Stufe für Stufe stieg er die alte Holztreppe hinauf, bis er vor Robs Wohnung ankam. Er hatte den Schlüsselbund noch in der Hand, doch als er den Wohnungsschlüssel gerade ins Schloss gesteckt hatte, hörte er von innen, wie etwas umfiel und zu Bruch ging.

Fuck, was war das oder wer war das?, dachte Dave.

War es vielleicht Eddy? Schließlich hatte er die beiden im

Stich gelassen und war weggefahren. Wollte er sich entschuldigen? Oder war er vielleicht von den Cops gefasst worden und hatte sie direkt zu Robs Wohnung gebracht, in der Hoffnung, dass er dafür eine Strafmilderung erhielt?

Wie bereits vergangene Nacht lief es Dave eiskalt den Rücken herunter. Was sollte er jetzt tun? Sollte er den Schlüssel wieder abziehen und abhauen? Das Ziel war so nah. Und schließlich hatte er Rob versprochen ..., sich um sie zu sorgen.

Ohne weiter zu überlegen, stieß Dave die Tür auf und blieb wie angewurzelt stehen. Er drehte sich um, wollte sichergehen, dass keiner hinter ihm stand. Als er seinen Kopf wieder nach vorn wendete, bemerkte er, wie ein riesiger schwarzer Schatten aus dem Nichts auf ihn zusprang. Er schloss die Augen und wurde mit voller Wucht getroffen. Er fiel zu Boden und spürte, wie ihm etwas Nasses durch das Gesicht fuhr.

Langsam öffnete er seine Augen und sah ihr direkt ins Gesicht. Jana, eine wahre Schönheit. Mit ihren riesigen Augen blickte sie Dave an. Mit ihrer Nase stupste sie gegen seine, so als wollte sie ihn auffordern, endlich aufzustehen. Hatte sie ihn vielleicht mit Rob verwechselt? Schließlich war es nicht gerade hell hier im Treppenhaus. Dave streckte seine Hand aus und fuhr über ihren Kopf. Er spürte, wie es sein Herz erwärmte.

„Ist ja gut."

Langsam versuchte er, sich aufzurichten. Nachdem er sich wieder orientiert hatte, setze er sich hin. Seine Beine waren ausgestreckt und mit seinen Händen stützte er sich hinter dem Rücken auf dem Boden ab. Beide Gemüter hatten sich wieder etwas beruhigt. Lächelnd blickte Dave zu der Hündin hinüber. Er zog seine Beine an und kam auf die Knie, eher er sich aufrichtete und wieder auf beiden Füßen stand.

Er schritt durch die Wohnung. Niemand da.

„Du hast hier alles bewacht, hm ...?“ Doch es erfolgte keine Antwort. „Wo sind denn deine Sachen? Wir müssen hier weg, und ich denke, du willst auch mal aus den vier Wänden hier raus.“

Jana hatte es sich vor dem Balkon bequem gemacht. Dave schaute zu ihr hinüber. Durch die Balkontür schien die Sonne herein. Ihr Fell leuchtete hell auf, wie ein Goldschein, der den Raum flutete. Sie hatte sich hingelegt und ihre Pfoten ausgestreckt, auf denen ihr Kopf ruhte. Die Augen blickten wachsam durch die Scheibe nach draußen. Ihre Ohren hatte sie in Blickrichtung und auf Dave ausgerichtet. Kein Geräusch, und sei es noch so leise, vermochte es, ihren Sinnen zu entkommen.

Er fragte sich, ob Jana merkte, dass etwas nicht stimmte. Schließlich war die Schäferhündin schon ein paar Jahre bei Rob heimisch.

Er schüttelte den Kopf, die Zeit für Trauer würde es geben, doch nicht jetzt. Schließlich könnten jede Sekunde Eddy oder die Bullen oder beide gleichzeitig hier auftauchen. Dave eilte in Robs Schlafzimmer. Er zog das Bett ein Stück vor und kam so ans Kopfende, in dem eine kleine unscheinbare Öffnung verborgen war. Er griff hinein und zog. Ein dumpfer Schlag ertönte. Danach ließ er den Griff in der Öffnung los und langte nun mit seiner Hand unter das Bett. Er holte eine kleine schwarze Geldkassette hervor. Mit seiner freien Hand griff er unter das Gestell, bis er mit seinen Fingern einen Nagel ertastete, an dem der Schlüssel zu der Geldkassette hing.

Dave öffnete sie und zog einige Fünfziger und Hunderter heraus. Robs Geheimversteck. Das Geld war überwiegend aus seinen kleinen kriminellen Machenschaften erbeutet. Gegenüber

Dave hatte er mal verraten, dass er jeden Monat immer etwas zurücklegte, seit er siebzehn war. Es gab Monate, da legte er mehr zurück, und welche, in denen er so gut wie nichts ansparte. Doch er hatte eine goldene Regel: Dieses Geld würde er niemals nehmen, nur wenn es absolut unumgänglich wäre.

Dave überschlug die Anzahl der Scheine und ging davon aus, dass es sich um etwa zehntausend Euro handeln musste. Zusammen mit seinem eigenen Ersparten und dem Geld aus dem Überfall würde er für einige Zeit hinkommen. Zumindest so lange, bis er sich wieder geordnet hatte.

Er verstaute das Geld in seiner Tasche. Etwa vierhundert behielt er in der Hand. Vom Schlafzimmer ging er ins Wohnzimmer. In einer Kommode suchte er nach einem Briefumschlag. Zwischen leeren Kulis, Buntstiften und Tesafilm wurde er fündig. Er packte das Geld hinein, verschloss ihn und schrieb anschließend mit dem vermutlich letzten funktionierenden Kuli „Monatsmiete Rob, April“ darauf.

Jana war inzwischen aufgestanden und saß neben der Wohnungstür zum Aufbruch bereit. Dave räumte hastig ein paar Sachen in eine Tasche. Als er fertig war, ging er zur Tür. Ein letztes Mal warf er einen prüfenden Blick durch die Wohnung.

„Verdammt, die Heizung“, zischte er.

Er legte seine Tasche ab und ging erneut durch die Wohnung. In jedem Zimmer begab er sich zu den Heizkörpern und drehte die Regulatoren herunter. Anschließend lief er zum Kühlschrank. Fast leer. Nur ein paar Dressings. Rob hatte sehr spartanisch gelebt. Auch Pflanzen besaß er keine. Erleichtert ging Dave wieder zur Wohnungstür, öffnete sie und betrat mit Jana den Hausflur.

Leise setzte er einen Fuß vor den anderen und schlich

dichtgefolgt von der Hündin das Treppenhaus hinunter. Unten angekommen, war er froh, niemandem begegnet zu sein. Direkt vor der Haustür befanden sich die Briefkästen. Dave warf den Umschlag mit den vierhundert Flocken in den des Vermieters.

Auf der Fahrt von der Hütte zu Robs Wohnung hatte er sich überlegt, dass es besser wäre, wenn er die Menschen glauben ließ, dass Rob noch unter den Lebenden weilte. Zumindest wollte er für eine gewisse Zeit den Schein waren.

Er drehte sich um und hörte die Klappe des Briefkastens zuschlagen. Seinen Fuß hatte er gerade auf die oberste Stufe gestellt, um in Richtung des Gartentors zu gehen, als er plötzlich von der Seite eine Stimme hörte.

„Wer ist da?"

Dave drehte seinen Kopf leicht nach rechts und sah die alte Dame, die ebenfalls in dem Haus von Rob wohnte.

„Ich bin es Rob!", erwiderte Dave.

Das Herz von Dave fing stark an zu pochen. Warum hatte er sich als Rob ausgegeben? Hätte er sich nicht einfach als ein Bekannter von ihm ausgeben können?

„Ah, mein Junge, gut", ich dachte, es wäre der Zeitungsträger.

Dave bemerkte, dass die alte Dame im Garten das Unkraut jätete. Sie stand nach vorne gebeugt inmitten der steinernen Terrasse und befreite mit einer Harke die Fugen von Löwenzahn.

Er registrierte, dass sie ihren Kopf nicht in seine Richtung gedreht hatte, sondern weiter auf den Boden blickte. Einen Moment zögerte er noch, da er nicht wusste, ob die alte Dame jetzt noch etwas sagen würde oder ob er einfach weitergehen sollte. In Sekundenschnelle entschied er sich für Letzteres. Er zog die rechte Schulter hoch und versuchte, mit seiner Oberbekleidung sein Gesicht etwas zu verbergen. Auch die Tasche mit Janas

Equipment hielt er als Sichtschutz ein Stückchen höher. Stufe für Stufe stieg er die Treppe zum Tor hinab. Dort angekommen, ließ er die Tasche los, um es zu öffnen. Er drückte die Klinke herunter und das schwere Eisentor setzte sich in Bewegung. Dave musste nach rechts gehen, um auf direktem Weg zum Waldstück und dem Auto, in dem die Kleene auf ihn wartete, zurückzukommen. Doch das würde ihn gefährlich nah an der jätenden alten Dame vorbeibringen. Ohne darüber nachzudenken, bog Dave nach links ab. Nach ein paar Schritten wurde ihm bewusst, dass er jetzt um den Häuserblock herumlaufen musste und er Robs Hund dabeihatte. Die Gefahr, gesehen zu werden, war um ein Vielfaches gestiegen, doch er hatte sich instinktiv für diesen Weg entschieden, die Würfel waren gefallen.

Er versuchte, sich krampfhaft daran zu erinnern, ob es hier eine Abkürzung gab, die ihn schneller in den Wald bringen würde. In etwa dreißig Metern würde er nach links abbiegen, um die erste Etappe der Blockumrundung hinter sich zu lassen. Er lief zügig den Bürgersteig entlang, versuchte zugleich, gelassen dabei auszusehen und nicht zu rennen. Noch etwa fünfundzwanzig Meter. Aus der Ferne war das Piepsen eines rückwärtsfahrenden LKWs zu hören, ansonsten war es ruhig. Noch etwa zwanzig Meter. Jana tapste sichtlich erfreut neben Dave her und machte keine Anstalten, sein neues Herrchen infrage zu stellen. Die letzten fünfzehn Meter bis er Robs Straße hinter sich lassen würde und abbiegen konnte.

In diesem Moment erblickte er die Vorderräder eines Autos, das auf der Straße fuhr, in die Dave abbiegen wollte. Einen Augenblick später sah er, wie es den Blinker nach rechts setzte und in seine Richtung kam.

Sofort erkannte er die gestreiften Reflektoren auf dem Auto

und die weiße Aufschrift auf der Fahrzeugfront: „Polizei". Dave blieb auf der Stelle stehen und bückte sich. Zu seiner rechten stand ein geparkter Geländewagen. Am Boden tat er so, als würde er seinen Schuh binden. Er blickte nach rechts und schaute unter dem Geländewagen hindurch auf die Straße. Der erste Reifen erschien in seinem Blickfeld, kurze Zeit später der zweite. Der Streifenwagen fuhr sehr langsam, als würde er jemanden oder etwas suchen. Dave hatte seine Augen weit aufgerissen und betete, dass die Cops, ohne anzuhalten, in die nächste Straße einbiegen würden. Wenige Sekunden später hielt der Streifenwagen. Er blickte sich um und sah ihn vor Robs Haus stehen. Der Motor lief noch.

Dave schloss seine Augen und versuchte, einen klaren Kopf zu behalten. Doch es wollte sich kein Gedankenblitz ergeben. Er öffnete sie wieder, und das erste, was er sah, war eine schmale Gasse, die direkt links von ihm zwischen den Häusern entlangführte. Er richtete sich auf, ging zwei Meter, ehe er zusammen mit Jana und der Tasche in der schmalen Gasse verschwand. Sie maß nur etwa einen halben bis einen Meter Breite. Die unverputzten Außenwände der Gebäude ragten hoch hinauf. Dave müsste zur Durchquerung etwa zehn Meter zurücklegen. In der Mitte war es nahezu dunkel. Er lief los, sein Herzschlag begann, sich wieder zu beruhigen. Auch Jana durchquerte die Gasse, ohne von der Enge und der erdrückenden Atmosphäre, die von ihr ausstrahlte, beeindruckt zu sein.

Wohin die Cops wohl gegangen sind?, fragte sich Dave.

Doch er wollte keinen Blick riskieren. Wenn die Cops die alte Dame nach Rob fragen, was würde sie ihnen antworten?

„Ja, den habe ich gesehen, der ist eben mit einer Tasche und dem Hund in Richtung Alleenstraße gegangen."

Auf der anderen Seite diese Ungewissheit. Was wäre, wenn die Cops gar nicht bei Rob waren, sondern nur kurz angehalten hatten, um zu telefonieren, oder, wenn sie zu einem der Nachbarn wollten? Dave war hin- und hergerissen. Sekunden und Minuten verstrichen.

Einen kurzen Blick muss ich riskieren, dachte Dave.

Langsam ging er wieder zurück zum Anfang der Gasse. Dort angekommen, streckte er vorsichtig seinen Kopf heraus, um die Straße hinunter in Richtung von Robs Wohnung zu sehen.

Er hatte seinen Kopf gerade weit genug herausgestreckt, um um die Ecke schauen zu können. Den Rest seines Körpers hielt er dicht an der Hauswand eines der Häuser.

Seine Augen brauchten einen kurzen Moment, um sich von der Dunkelheit an das Sonnenlicht zu gewöhnen. Wenige Augenblicke später konnte Dave sie weiter öffnen, ohne sie fast gänzlich zukneifen zu müssen. In diesem Moment sah er einen der Beamten kurz vor der Gasse in seine Richtung kommen.

Fuck, und was jetzt?, dachte Dave.

Er zog seinen Kopf zurück und presste sich mit seinem Rücken an die Hauswand.

Die Gasse ist sehr schmal und eher unauffällig, vielleicht übersieht er sie ja und geht einfach auf dem Bürgersteig weiter.

Er hörte, wie die Schritte lauter wurden. Langsam ließ er sich an der Mauer hinuntersinken, bis er mit seinen Händen den Boden berührte. Er fühlte sich an wie Sand, eine feinkörnige Schicht. Dave hatte eine Idee. Mit seiner rechten Hand griff er nach dem sandigen Bodenbelag und nahm eine Ladung in seine Hand. Er beugte seinen Oberkörper ein Stück nach vorne, um besser auf die Straße blicken zu können. Die Schritte waren nun so laut, dass der Polizist nur noch zwei bis drei Meter entfernt sein konnte. Er richtete sich auf und drückte seinen Rücken erneut gegen die Wand.

Sobald der Beamte ihn sehen und ansprechen würde, wäre Dave bereit, ihm eine feine Staubschicht ins Gesicht zu werfen, um anschließend zu entkommen.

Er beugte sich wieder leicht nach vorn, und nach nur wenigen Zentimetern konnte er die Schuhe des Polizisten erkennen. Er war stehen geblieben. Dave hielt den Atem an. Er ballte seine rechte Faust und zog sie langsam in Höhe seines Gesichts und dann weiter über den Kopf.

Eine verzerrte Stimme erklang: „Schwerer Verkehrsunfall auf der Schnellstraße Tesburg. Alle Einheiten kommen."

Dave beugte seinen Kopf noch ein Stück weiter vor und sah, dass der Polizist ein Funkgerät in der Hand hielt.

„Hier Charlie zehn/zehn, wir fahren von der Dresdner Straße an. In welcher Höhe ist der Unfall ...?"

Der Polizist verschwand aus seinem Blickfeld und er hörte, wie er im Lauftempo zurück zum Streifenwagen rannte.

„Charlie zehn/zehn, der Unfall hat sich auf der Schnellstraße in Höhe ..."

Mittlerweile war der Polizist so weit entfernt, dass Dave den Funkspruch nicht mehr hören konnte.

Die Türen des Streifenwagens flogen zu, als dieser mit Vollgas losfuhr. Dann ertönte die Sirene, bis sie irgendwann in der Ferne wieder verstummte.

Dave war gerettet. Erleichtert ging er die Gasse entlang, bis er am Ende zwischen den zwei Häusern nahe dem Waldweg wieder heraustrat. Zusammen mit Jana überquerte er die Straße, ehe beide zwischen der Flora und Fauna des Waldes verschwanden.

KAPITEL 9
RADIO GA GA

Als sie das Auto erreichten, blickte Dave durch die Scheibe, um nach der Kleenen zu sehen. Sie schlief noch immer tief und fest. Vorsichtig öffnete er den Kofferraum und Jana sprang hinein. Nachdem der Deckel wieder geschlossen war, begab er sich zur Fahrerseite. Zügig setzte er sich in den Wagen und fuhr los.

Also dann, unser Familienausflug geht zum Haus am See, dachte Dave, ehe er den Regler der Stereoanlage auf mittlere Lautstärke drehte.

Im Radio erklangen die Anfangstöne von Queens Stück „Radio Ga Ga". Dave bemerkte sofort, wie sich eine gewisse Gelassenheit bei ihm einstellte. Endlich wieder eine kurze Ruhephase. Genug war ihm die letzten vierundzwanzig Stunden passiert.

Nach einigen Metern schaute er in den Rückspiegel und ertappte sich dabei, wie er leise mitsang. Auch die Kleene konnte er im Rückspiegel sehen.

„Du hast aber einen Bombenschlaf. Egal, was hier so los ist, du kannst immer schlafen“, sagte er leise.

Auf der Fahrt war weitestgehend nur ein Baum nach dem anderen zu sehen. Gelegentlich boten sich kahle Stellen, die einen Weitblick auf die von Bergen und Tälern geprägte Landschaft eröffneten.

An der nächsten Lichtung drosselte er das Tempo. Es bot sich ein traumhaftschöner Anblick. Die Sonne strahlte auf einen der Berge. Am Fuße war eine dichte grüne Waldlandschaft zu erkennen. Etwas weiter oberhalb begannen die kahlen grauen Gesteinsschichten, und die Spitze war von einer kleinen weißen Schicht bedeckt. Der Berg stand einsam inmitten einer atemberaubenden, nur wenig hügeligen Landschaft. Natur, soweit das Auge reichte. Keine Straßen oder von Menschen errichtete Bauten. Keine Flugzeuge am Himmel. Natur in ihrer reinsten Form. Einige Augenblicke verstrichen.

„Salam aleikum“, erklang die Stimme des Moderators aus den Lautsprechern. Dave hatte gar nicht mitbekommen, dass das Lied zu Ende war. „Das Thema meiner heutigen Sendung ist der Weltfrieden. Dazu haben wir verschiedene Gäste aus den Kulturen der Länder eingeladen, um darüber zu sprechen. Mein nächster Gast wird in wenigen Minuten bei uns sein. Hören Sie rein, nach einer kurzen Werbeunterbrechung.“

Dave schaltete das Radio aus und fuhr wieder an.

„Das ist es!“, sagte er. Er drehte sich um und schaute auf die Kleene. „Wie wäre es, wenn ich dich ab sofort Malaika nenne?“, fragte er.

Er erinnerte sich an eine Stunde Ethikunterricht, bei dem ihr Lehrer Verschiedenes über die arabische Kultur erzählt hatte. Der Unterricht war ihm noch gut in Erinnerung, da der Lehrer damals das ganze Klassenzimmer dekoriert hatte, er selbst trug damals ein Thawb oder Kandura, ein weißes Gewand mit Turban. Im Anschluss hatte es traditionelle Falafel gegeben.

Der Unterricht hatte den Sinn, den Respekt und Umgang mit Mitschülern aus anderen Kulturen zu fördern. Eine gelungene Aktion, wie Dave im Nachhinein überlegte.

„Also, Malaika", sagte er.

Er drückte die Kupplung durch, legte den ersten Gang ein und ließ das Auto rollen. Nach einer weiteren Viertelstunde waren sie am See angekommen.

Vor der Hütte war alles so, wie Dave es zurückgelassen hatte. Er ließ Jana aus dem Kofferraum und holte Malaika zusammen mit der Kinderwiege aus dem Auto. Jana inspizierte das Grundstück genauestens. Dave hatte keinen Zweifel daran, dass die Hündin die Hütte und das Grundstück schon bald als ihr neues Revier beanspruchen würde.

Jana lief zu ihm und schnüffelte mit ihrer Nase an der Kinderwiege. Er ließ sie langsam sinken, sodass die Hündin hineinsehen konnte. Vorsichtig streckte sie ihre Nase weiter in die Wiege.

In diesem Moment erwachte Malaika und schaute in die riesigen, verwunderten Hundeaugen. Das Mädchen griff mit ihren kleinen Fingern nach der feuchten Nase und sprach ein paar unverständliche Babylaute aus. Jana schien sie zu verstehen und leckte ihr mit der Zunge durch das Gesicht. Malaika brabbelte nun noch mehr und fing an zu lachen. Jana hob ihren Schwanz und begann, damit zu wedeln.

„Na, da haben sich ja zwei gefunden“, sagte Dave und beobachtete die beiden. „Was haltet ihr davon, wenn wir drinnen etwas essen?“, fragte er seine Begleiterinnen, ohne mit einer Antwort zu rechnen.

Die drei betraten die Hütte. Drinnen begann Dave sofort damit, etwas zu Essen zuzubereiten. Erst wollte er Jana etwas geben. Hierfür öffnete er eine Dose Hundefutter. Dann begann er, den nicht sonderlich ansehnlichen Inhalt der Dose Stück für Stück in einen Napf umzufüllen. Jana hatte mit Abstand am längsten keine Mahlzeit mehr gehabt.

Malaika ließ Daves Bemühungen nicht unkommentiert, als er voller Begeisterung eines der Gläser mit Babybrei aus der Tasche nahm und dieses wie ein Artist zusammen mit einem Spielzeug jonglierte. Janas Aufmerksamkeit war derweil vollständig auf das schnellstmögliche Leeren des Napfes gerichtet.

Als Dave seine beiden Damen versorgt hatte, schaute er voller Stolz und lächelte. Nach kurzem Verweilen sah er sich im Raum um. Die Tasche mit Janas Sachen fiel ihm ins Auge. Sofort musste er an Rob denken. Sein Freund war nicht mal zwei Tage tot und er saß in einer Küche und bespaßte ein Kleinkind und seinen Hund. *Wäre nicht etwas mehr Trauer angebracht?*, schoss es ihm durch den Kopf. Andererseits konnte er auch nicht den ganzen Tag in dieser Hütte verbringen, Kerzen aufstellen und irgendwelche Trauerpsalmen vorlesen. Das Leben musste weitergehen. Und was war schon gegen ein bisschen Spaß einzuwenden?

Während er im Zwiespalt seinen verschiedenen Gedanken lauschte, begann er damit, durch den Raum zu gehen. Bewegung hatte ihm in Stresssituationen immer schon gutgetan. Bewegung und Sport als Lösung gegen krampfhafte Haltungen, seien sie körperlicher oder geistiger Natur, so hatte er es immer gemacht.

Er hatte Grund genug, sich viel zu bewegen. Nicht umsonst waren er und Rob so gute Freunde geworden. Der Mensch sucht immer nach anderen Menschen, die ihm ähnlich sind. Ähnlich von den Interessen, ähnlich vom Körperbau, ähnlich von den Vorlieben und ähnlich von dem, was ihnen widerfahren ist im Leben. Er sollte darin auch keine Ausnahme darstellen. Genauso wie Rob hatte auch Dave einige Schicksalsschläge hinter sich. Als er noch sehr klein war, hatten sich seine Mutter und sein Vater getrennt. Dave war bei seiner Mutter geblieben. An die Zeit konnte er sich kaum noch erinnern. Er wusste noch, dass sein Vater anfangs regelmäßig zu Besuch gekommen war. Die Besuche wurden dann Woche für Woche seltener. Irgendwann fanden sie nur noch sporadisch einmal im Monat statt, bis sie schließlich ganz aufhörten. Seitdem hatte er nicht mehr viel von seinem Vater gehört. Angeblich wohnte er jetzt mit seiner neuen Freundin oder Frau in einer Wohnung, etwa dreißig Kilometer von Tesburg entfernt. Ob die beiden Kinder hatten, konnte Dave nur raten. Er wusste, wo die beiden wohnten, da er einmal bei ihnen gewesen war. Doch dieser Besuch lag inzwischen viele Jahre zurück. Auch konnte er nur vermuten, ob sein Vater noch immer dort wohnte, oder ob er überhaupt noch am Leben war. Die Trennung seiner Eltern hatte ihn viele Jahre belastet. Etliche einsame Stunden, zahlreiche Momente der Trauer. Doch er hatte es immer wieder geschafft. Wann immer er am Boden lag, raffte er sich wieder auf und machte weiter. Doch wenn er ehrlich war, war es nicht allein sein Verdienst. Er hatte die beste Mutter der Welt gehabt. Sie hatte alles Mögliche getan, um ihm eine glückliche und erfüllte Kindheit zu schenken.

Doch seine Mutter konnte ihm eines nicht geben. Sie hatte Dave nicht die Vaterrolle ersetzen können. Ihm fehlte ein männliches Vorbild. Einer, der ihm verschiedene Dinge sagte und zeigte. Das Rasieren hatte er sich damals mithilfe einer Zeitschrift beigebracht. All sein Wissen und seine Erfahrung hatte er sich selbst angeeignet. Die Schule hatte ihm da nur bedingt weitergeholfen. Er wollte einfach nie verstehen, warum man ihm die kompliziertesten Dinge beibrachte. Er konnte vermutlich zu seiner schulischen Hochzeit jegliche Wurzel ziehen und die Mondumlaufbahn berechnen, hatte aber keine Ahnung, auf welche Seite des Briefes der Absender und auf welcher der Empfänger stand. Eine eigene Steuererklärung abgeben? Unmöglich, ohne den heiligen Gral des Wissens zu besitzen. Doch all das Schulwissen und das Können aus den Zeitschriften hatten ihn nicht auf das richtige Leben vorbereiten können.

Seine Mutter hatte ihm immer gut zugeredet und ihn ermuntert, die Schule und den Stoff trotz der berechtigten Zweifel durchzuziehen. Und Dave hatte immer auf sie gehört und weitergemacht. Bis zu dem Tag, als sich alles veränderte.

KAPITEL 10
DON'T DRINK AND DRIVE

Als Dave siebzehn Jahre alt war, erlitt seine Mutter einen Verkehrsunfall. Irgendein betrunkener und zugekiffter Junkie hatte sie mit einem geklauten Auto im Vollrausch überfahren. Dave konnte sich noch genau an die Ereignisse des Tages erinnern. Er hatte die beste Note der Klasse erhalten für einen Aufsatz, in dem es um die Todesstrafe ging. Die Schüler sollten dafür oder dagegen argumentieren. Lange und intensiv hatte er sich auf diese Arbeit vorbereitet. Seiner Ansicht nach verfügte er über das beste Argument gegen die Todesstrafe und hatte das auch in seinem Aufsatz formuliert. Als letzten Satz schrieb er, dass es falsch sei, jemanden als Bestrafung zu exekutieren, um ihn damit zu lehren, dass das Töten falsch sei.

Als er nachmittags aus der Schule nach Hause gekommen war, standen zwei uniformierte Polizisten und ein Mann in

Freizeitkleidung vor der Haustür. Dave begrüßte die Leute und fragte sie, ob er ihnen weiterhelfen könne. Sie hatten sich mehrfach nach seinem Namen und dem Namen seiner Mutter vergewissert und darauf bestanden, alles Weitere mit ihm im Haus zu besprechen. Ihm war bei der ganzen Sache von Anfang an unwohl gewesen, aber er hatte die Beamten und den dritten Mann mit in die Wohnung gelassen.

Er hatte sie ins Wohnzimmer geführt, wo die vier am Tisch platznahmen. Einer der Beamten erzählte etwas von einem schweren Unfall und dass eine Frau dabei von einem PKW erfasst worden war. Nur sehr langsam begriff Dave, dass es sich bei dieser Frau um seine Mutter handelte. Der Beamte führte weiter aus, dass die Rettungskräfte sehr schnell vor Ort gewesen seien und Erste Hilfe leisteten, doch die Verletzungen seien so schwer gewesen, dass seine Mutter noch an der Unfallstelle verstarb.

Er wusste noch genau, wie die Nachricht bei ihm eingeschlagen war. Als der Beamte die Worte ausgesprochen hatte, konnte Dave nicht fassen, was er da eben gehört hatte. Seine Augen waren starr auf den Beamten gerichtet, der von dem Unfall erzählte. Er war wie erstarrt und blickte zwar auf den Redner, doch sein Blick war leer. Als der Polizist fertig berichtet hatte, folgte kurzes Schweigen. Daves Augen hasteten durch den Raum. Von einer Person zur nächsten. Doch keiner konnte seinen hilflosen Blick mit einem Ratschlag erwidern. Etwa eine Minute war vergangen, seitdem die letzten Worte gesprochen waren. Dave wollte sich bewegen. Er wollte ins Schlafzimmer seiner Mutter, um zu sehen, ob es sich nicht doch alles um eine Verwechslung handelte und sie dort sein würde.

Dave hatte den Stuhl, auf dem er saß, weggestoßen und war

aufgestanden. Schnellen Schrittes war er durch die Wohnung marschiert, bis er am Zimmer seiner Mutter ankam. Er hatte die dunkelbraune Holztür aufgerissen und einen Fuß hineingesetzt. Alles war ordentlich. Der Boden war gesaugt, die Klamotten sorgfältig im Schrank verstaut. Nichts lag herum. Die gestreifte Bettwäsche lag in der Mitte gefaltet am Ende des Bettes und hing fast bis zum Boden herunter. Das Zimmer war wie gewohnt aufgeräumt, doch seine Mutter nicht da. Dave spürte, wie ihn eine Hand von hinten berührte. Für eine Viertelsekunde ging er davon aus, dass es sich um seine Mutter handelte, die nach ihm sah und fragen wollte, ob alles okay sei und warum er so durch die Wohnung hastete. Doch seine Hoffnung wurde gebrochen, als er, noch bevor er sich umdrehte, eine dunkle Männerstimme hörte, die ihm ein Glas Wasser zu trinken anbot. Als Dave es geleert hatte, verabschiedeten sich die zwei Polizisten und wünschten ihm viel Kraft für die nächste Zeit. An die genauen Worte konnte er sich nicht mehr erinnern. Es war, als sei sein Körper zwar anwesend, sein Geist jedoch betäubt und nicht in der Situation zugegen. Als sei eine Granate explodiert, und alles, was man hörte, war ein durchgängiges Piepsen und Stimmen, die einen ansprachen, um zu sehen, ob man noch da war. Dave erinnerte sich daran, dass es sich bei dem dritten Mann in Freizeitkleidung um einen Seelsorger gehandelt hatte. Er wurde von der Polizei bestellt, um nach Abrücken der Polizisten den Hinterbliebenen zur Seite zu stehen. Der Seelsorger war noch einige Stunden bei Dave gewesen und hatte ihm alles erklärt und versucht, den Schmerz zu lindern. Doch Wunden solcher Tiefe können nicht mit ein paar Worten geflickt werden. Wunden heilt der Wille und die Zeit.

Er kehrte mit seinen Gedanken wieder in die Gegenwart. Er saß nun auf einem Hocker inmitten der Hütte und dachte an seine Mutter. Dies war wohl die prägendste Zeit seines Lebens gewesen. Dave wusste sehr gut, wie mit Trauer umzugehen war, doch er hatte nicht damit gerechnet, dass er so schnell wieder einen derartig heftigen Trauerfall zu verarbeiten hatte. Erst sein Vater, dann seine Mutter und jetzt sein bester Freund ... sein Bruder. Welchen Sinn sollte sein Leben noch haben? So hatte er doch alle verloren, die ihm etwas bedeutet haben. Seine Taschen waren voller Geld, zumindest für eine bestimmte Zeit, doch er hatte keine Perspektive. Was sollte er tun? Wie sollte er künftig sein Geld verdienen? Sollte er bis Mitte sechzig kriminelle Dinger drehen, um sich über Wasser zu halten, um dann ab etwa fünfundsechzig von einer kleinen Rente zu leben, wenn sie ihm überhaupt zustehen würde? Dafür musste er einem regulären Job nachgehen und regelmäßig in die Rentenkasse einzahlen. Und was war mit der Kleinen? Sollte er sie etwa mit gefälschten Personalien bei sich wohnen und aufwachsen lassen? Würden da nicht zwangsläufig Fragen durch die Nachbarn aufkommen? Woher stammte das Kind? Wo war die Frau dazu?

Dave hörte schon die Fragen seiner Nachbarschaft auf ihn niederprasseln. Er war so in Gedanken versunken, dass er erst einige Minuten später bemerkte, dass Malaika und Jana bereits fertig mit dem Essen waren. Die Hündin hatte sich neben das Mädchen gesetzt und ließ sich von ihm das Fell verunstalten. Immer wieder stupste Jana die Kleine mit ihrer Nase an, die daraufhin sofort wieder mit ihren kleinen Fingern durch das Fell fuhr.

Ein ewiger Kreislauf, dachte Dave.

„Was haltet ihr davon, wenn wir rausgehen und uns ein

bisschen die Beine vertreten?“, fragte er und rechnete wieder damit, keine ernsthafte Antwort zu erhalten.

Er ging hinüber zu den Taschen mit den Sachen der beiden. Aus Janas Beutel nahm er eine Leine. Für Malaika holte er eine kleine Jacke und Schuhe heraus.

Nachdem er Malaika angezogen und Jana die Leine umgebunden hatte, gingen sie in Richtung Tür und dann nach draußen vor die Hütte. Dave trug Malaika in der kleinen Kinderwiege. Jana wich den beiden nicht von der Seite, mit der Ausnahme, ein Geschäft zu verrichten. Langsam schlenderten die drei in Richtung des kleinen Sees. Dave hatte beschlossen, mit den beiden eine oder zwei Runden um das Gewässer zu drehen. Schritt für Schritt bewegten sie sich auf dem Pfad, der um den See führte.

Als sie die erste Runde fast beendet hatten, erreichten sie die Stelle, an der Dave Rob beigesetzt hatte. Er blickte sich um. In der Dunkelheit hatte er die Örtlichkeit gar nicht genau betrachten können. Doch jetzt sah er sie. Links von ihm, direkt am Ufer, stand ein prachtvoller, riesiger Baum. Wenn er sich richtig erinnerte, handelte es sich um eine Weide. Die Äste ragten weit über das Wasser, fast so, als würden sie sich schützend darüber lehnen. Als Dave ein paar Schritte näher zu dem Stamm hinüberging, war es fast so, als würde er durch einen Vorhang ein großes Zelt betreten. Er stand nun unter dem Baum, um ihn herum ragten die Äste tief hinunter, bis fast zum Boden. Eine schützende Wand aus Ästen und Blättern umgab ihn. Ein gewaltiger Baum, den nichts aus der Ruhe zu bringen vermochte. Sein uralter Stamm, geprägt von so vielen Gezeiten und Geschichten. Der Entstehungsort eines jeden Märchens. Jana hatte sich neben Dave niedergelassen und schaute auf den See hinaus. Ihr Blick war weich und herzlich, so als ob sie ebenfalls die Schönheit dieses Ortes, dieser Natur bestaunen würde. Auch Malaika, die Dave in der Wiege in seiner linken trug, war fasziniert von der Schönheit. Sie streckte ihre kleinen Hände in Richtung des Baumes, um ihn zu berühren.

Wieder trat dieses Gefühl auf. Zeit und Ort waren miteinander vereint und eine gewisse Sorglosigkeit machte sich in dem Wohlbefinden breit.

Was sollte der Mensch mehr benötigen, was dieser Ort ihm nicht geben könnte?, dachte Dave.

Ein leichter Windzug durchstreifte das Geäst und die Blätter. Die Bäume sangen ihre Melodie von Freiheit und Zufriedenheit. Dave schloss die Augen und nahm einige tiefe Atemzüge. Er spürte, wie die frische und noch kalte Luft seine Lungen füllte und die alte verbrauchte Luft aus ihm herausströmte. Einige Augenblicke vergingen, ehe er seine Augen wieder öffnete. Die Geräusche der Äste und Blätter wurden lauter und der Wind merklich stärker. Langsam bogen sich die Äste mit der Windrichtung, die Blätter richteten sich auf. Nun konnte Dave durch das Blattwerk auf den darüberliegenden Himmel blicken. In der Ferne sah er einen schwarzen Punkt. Je länger er ihn fokussierte, umso größer wurde er. Dave hatte eine Ahnung. Langsam kniete er sich nieder und griff mit seiner Hand nach dem Halsband von Jana. Als er es fest in der Hand hielt, richtete er seinen Blick erneut gen Himmel und erkannte nun deutlich die Umrisse eines Helikopters, der sich kerzengerade in ihre Richtung bewegte. Er packte die Wiege und den Hund, und presste sich eng an den Baumstamm. Nun kam auch das schlagende Geräusch der Rotorblätter hinzu. Er flog so tief über das Gebiet, dass er nur wenige Meter über den Baumspitzen entlangdonnerte. Der Helikopter erreichte die Seite des Ufers, an dem die drei verweilten.

Dave spürte, wie Jana sich anspannte und sich ihre Nackenhaare aufstellten. Aus der Tiefe ihres Körpers spürte er eine sich entladende Wut. Sie begann zu knurren und fixierte den Helikopter.

„Psst, jetzt!“, sagte Dave leise.

Doch Janas Aufmerksamkeit galt nur dem Hubschrauber.

Jana setzte zu bellen an.

„Ey!“, schnauzte er und blickte Jana dabei befehlend an. „Willst du, dass die uns hier im Wald erwischen?“

Die Hündin warf ihm einen kurzen bestätigenden Blick zu, ehe sie sich wieder auf den Helikopter konzentrierte. Sie schnaufte einmal kurz auf wie ein trotziges Kind, das nicht das bekam, was es wollte. Doch dann drehte sie sich zu ihm um und schnupperte an einem Grasbüschel.

„Gut so, Mädchen“, lobte Dave, der sich ebenfalls zu ihr gewendet hatte.

Der Helikopter drehte nun ab und flog in westliche Richtung davon. Dave konnte den Hubschrauber wegen der dichten Baumkrone nicht genau erkennen. Vermutlich handelte es sich nur um einen Probeflug eines Bundeswehrhelikopters. Doch es gab ihm Anlass genug, über die jetzige Situation nachzudenken. Er konnte sich nicht ewig im Wald verstecken, früher oder später würde jemand hier vorbeikommen und die drei entdecken.

Und spätestens, wenn jemand den gestohlenen Wagen sehen und das Kennzeichen durchgeben würde, wären die drei aufgeflogen.

Apropo Wagen!, dachte Dave. Den musste er auch noch irgendwie loswerden. Hoffentlich hatte die Besatzung des Helikopters das Auto nicht gesehen. Dave hatte es bei seiner

Rückkehr direkt neben der Hütte unter einem Baum geparkt. Der Hubschrauber hatte bereits in Höhe des Sees abgedreht. Den Wagen hätte die Besatzung unmöglich sehen können. Er war sich sicher und versuchte, sich deswegen keine Gedanken zu machen.

„Zeit, zurückzugehen", sagte Dave.

Die drei schritten zügig zur Hütte zurück und er brachte Malaika hinein. Zusammen mit Jana ging er anschließend wieder hinaus und hinüber zu dem kleinen Schuppen direkt hinter dem Haus.

Darin befand sich ein altes Tarnnetz, das Dave am Abend zuvor dort liegen gesehen hatte. Er packte das Netz und brachte es zum Auto. Dort breitete er es aus, ehe er es Stück für Stück über den Mazda zog, bis auch das letzte Teil darunter verborgen war. Dann holte er ein paar mittelgroße Steine und legte sie auf das Netz um den Wagen herum, um es gegen ein Wegfliegen zu sichern.

Anschließend lief er um die Hütte herum, um etwas Holz zu sammeln, ehe er mit Jana ins Innere zurückkehrte. Fließendes Wasser und Strom gab es nicht. Nach kurzer Überlegung hatte sich Dave daher entschlossen, den alten Ofen zu beheizen und so etwas Wasser aufzukochen. Er zerknüllte ein paar alte Papierseiten und lagerte sie ganz unten im Ofen. Darauf stapelte er kleinere Äste. Am Ende legte er zwei größere Hölzer auf die Spitze.

Dave kramte in der Tasche, in der er die Sachen für Jana eingepackt hatte. Nach einigen Sekunden zog er ein rotes Feuerzeug mit einem weißen Drachen darauf heraus.

Er erinnerte sich, dass er Rob immer geraten hatte, mit dem Rauchen aufzuhören. Doch jetzt war er froh, dass dieser sich trotz seiner Ratschläge und Argumente dagegen entschieden hatte.

Ohne seine Sturheit hätten wir jetzt kein Feuerzeug, dachte Dave.

Er hatte zwar mal bei den Pfadfindern gesehen, wie sich ein Feuer auch ohne die modernen Hilfsmittel entfachen ließ, doch er konnte sich nicht mehr an die richtige Vorgehensweise erinnern.

Schließlich öffnete er den Feuerzeugdeckel und drehte mit seinem Daumen an dem Metallrädchen, bis die Flamme leuchtete. Er entzündete sein Holz- und Papiergestell und lehnte die Ofentür an, damit noch etwas Luft an die Feuerstelle gelangte. Nun hoffte er darauf, dass die alten Rohre nicht zu stark verschmutzt waren und der Rauch abziehen konnte.

Einige Minuten später machte das Feuer den Anschein, nicht jeden Augenblick wieder zu erlöschen, also packte Dave eine Rolle Toilettenpapier aus der Tasche und ging zur Tür.

„Was sein muss, muss sein!", sagte er und sah dabei seine zwei Begleiterinnen an, die sich inzwischen auf einer Decke inmitten des Raums niedergelassen hatten.

Daraufhin verschwand er für einige Minuten hinter den Bäumen.

KAPITEL 11
DEAL OR NO DEAL

Als Dave zurückgekehrt war, durchkramte er wieder einmal die Tasche von Rob, bis er dessen Handy fand. Er schaltete es ein und warte, bis es vollständig hochgefahren war. Er öffnete die Telefonkontakte und startete seine Suche.

„Wie hieß der Kontakt ... Irgendwas mit ca... car... car bar, da ist er!"

Er erinnerte sich daran, dass Rob über diesen Typen sein Auto organisiert hatte, und auch für Eddy hatte er so das Fluchtfahrzeug beschafft.

„Aber wie war nochmal sein Name?", fragte er in den Raum, wohlwissend, dass er keine Antwort erhalten würde.

Er versuchte, sich krampfhaft an ein Gespräch zwischen Rob und B... Bern... Benny ... Bobby zu erinnern.

„Genau, der Typ hieß Bobby. Oder zumindest wurde er so

genannt", sagte er voller Enthusiasmus.

Mit seinen Fingern tippte er auf den grünen Hörer. Um ihn herum herrschte Stille ... Dann ertönte das Freizeichen. Während er auf eine Stimme auf der anderen Seite der Leitung wartete, fiel Dave auf, dass er sich besser wieder als Rob ausgeben sollte. Vielleicht würde der Typ auch direkt wieder auflegen, wenn nicht Rob am Telefon war, obwohl seine Nummer im Display stand. Er war inmitten der Gedanken versunken, was passieren würde, wenn ...

„Jo, Rob, was gibt's?", fragte die Stimme am Ende der Leitung.

„Äh, hey, Bobby, ich habe ein Auto für dich ... einen Mazda Premacy. Gut gepflegt, etwa 120.000 Kilometer drauf", sagte Dave.

„Äh ... okay. Weißt du, Rob, ich habe mich aus diesem Business zurückgezogen. Mir ist es zu heiß geworden mit gestohlenen Karren!", sagte Bobby.

„Verstehe ich, aber hilf mir mit diesem Mazda. Nur noch dieses eine Mal."

„Ehrlich, Rob, ich würde dir helfen, aber ich habe nicht vor, die nächsten Jahre im Knast zu verbringen ...!"

„Komm schon, ich muss das Ding loswerden", drängelte Dave.

„Ich kann dir nicht helfen. Aber ich kann dir einen Kontakt geben, der bietet Garagen für hundert Mäuse im Jahr an. Da kannst du die Karre erstmal zwischenlagern", schlug Bobby vor.

Dave überlegt kurz, ehe er zustimmte. Schließlich ließ er sich die Kontaktdaten von dem Garagentyp namens Toni geben. Dann legte er auf.

Unmittelbar danach las Dave die Telefonnummer von seinem Schmierzettel ab und wählte die Nummer.

Wieder hörte er das Freizeichen.

„Hier ist Toni, was gibt's?", fragte die Stimme, als das Freizeichen verstummte.

„Ja, hier ist Rob. Du wurdest mir von Bobby empfohlen, wenn ich dringend eine Garage brauche, um, nun ja, ein paar Sachen zwischenzulagern", sagte Dave.

„Ach, ist das so ... okay, gut, wenn ich empfohlen wurde, dann wird es wohl so sein. Was hast du denn zum Lagern?", fragte Toni.

„Ist das denn so wichtig?", konterte Dave.

„Ja ist es! Wenn du mir da irgendwelche illegale Ware lagern willst, dann muss ich dir eine Garage außerhalb der Stadt geben. Wenn es aber nur ein paar harmlose Gegenstände oder ein Auto sind, dann kannst du auch eine Garage in der Stadt haben. Also?", fragte Toni.

„Es ist ein Auto. Das Auto gehört mir nicht, aber ich kenne den Besitzer und müsste es für ihn verwahren", sagte Dave.

„Wirklich? Und hast du auch Papiere für die Karre?", fragte Toni.

„Ja, die liegen im Wagen", behauptete Dave, ohne sicher zu sein, ob überhaupt Papiere von dem Auto existierten. „Kommen da noch mehr Fragen oder kann ich die Karre jetzt in die Garage bringen?", fragte er, selbst überrascht über seinen bestimmenden Tonfall.

„Nein, nein. Ich weiß alles, was ich wissen muss. Vielleicht ist es auch besser, wenn ich nicht alles weiß. Ich gebe dir eine Garage in Stadtrandlage. Ruhiges Viertel im Stadtteil Rakstein. Die Garagen stehen am Ende der Wiesenstraße. Eine letzte Frage habe ich noch. Wie lange willst du das Auto dort stehen lassen?", fragte Toni.

„Ein Jahr“, sagte Dave.

„Ein Jahr, okay, das macht dann hundertzwanzig“, sagte Toni.

„Was hundertzwanzig, ich gebe dir sechzig!“, erwiderte Dave.

„Hundert!“

„Achtzig!“

Beide schwiegen.

„Okay, achtzig in bar“, sagte Toni nach ein paar Sekunden.

„Okay“, stimme Dave zu.

„Ich bin heute nicht in der Stadt. Du kannst mir das Geld einfach in den Briefkasten neben der Garage werfen. Darunter befindet sich ein kleines Fach, dort bewahre ich die Schlüssel auf. Der Pin lautet 1992. Ich gebe dir die Garagennummer drei“, sagte Toni.

„Dann ist ja alles klar, ach, und ich mag es überhaupt nicht, wenn man mich versucht zu verarschen“, fügte er hinzu.

„Ich bin nicht zum Scherzen aufgelegt. Du wirst dein Geld im Briefkasten haben“, sagte Dave, ehe er sich verabschiedete und den Anruf beendete.

„Okay, dass hätten wir“, sagte er begeistert.

Er blickte auf die Decke in der Mitte des Raumes. Sein Mund formte ein freundliches und glückliches Lächeln, als er die beiden auf dem Boden liegen sah. Malaika hatte sich mittig hingelegt und war eingeschlafen. Jana hatte sich sichelförmig um Malaika hingestreckt und wachte über sie und ihre Träume.

Dave wollte die Situation nutzen und den Umschlag mit dem Geld für Toni in den Briefkasten werfen. Der Stadtteil Rakstein lag südwestlich von ihrem Standpunkt. Er würde etwa eine Stunde zur Garage und zurück zur Hütte benötigen. Dave war unsicher, ob er Malaika und Jana so lange alleine lassen sollte. Er sah aus dem Fenster. In der Ferne konnte er erkennen, wie sich der Himmel zugezogen hatte und sich schwere dunkle Wolken über dem Wald ausbreiteten.

Keine gute Idee, einen Hund mit einem Kleinkind in einer Waldhütte bei einem sich anbahnenden Unwetter alleine zu lassen, dachte Dave.

Er fing an, alle Sachen, die er mitgebracht hatte, wieder zu verstauen. Teil für Teil landete in den Taschen, bis schließlich nur noch die Decke mit Malaika und Jana darauf übrig waren. Langsam hob Dave Malaika an und legte sie vorsichtig in ihre Kinderwiege.

„Okay, Ladys, ich bringe die erste Fuhre ins Auto und dann komme ich euch abholen. Bei dem Unwetter sollten wir lieber nicht hierbleiben", sagte er bepackt auf dem Weg zur Tür.

Als er hinaustrat, sah er in der Ferne einen grauen Regenschauer. Dave eilte ein gutes Stück hinter die Hütte, bis er am abgedeckten Auto angekommen war. Er hob einen Teil der Steine auf, um das Tarnnetz anzuheben, dann warf er die eine Ecke des Netzes so weit über den Wagen, dass er den Kofferraum und die hintere rechte Fahrzeugtür öffnen konnte. Dave hatte Mühe, alles zu erkennen. Der Himmel hatte sich so zugezogen, dass es bereits am Nachmittag stockdunkel war. In der Ferne war ein tiefer Donner zu hören.

Er beeilte sich und wollte alle Sachen in den Kofferraum werfen. In diesem Moment spürte er, wie einige Regentropfen auf seinem Kopf landeten und langsam an seiner Wange hinunter zum Kinn flossen. Jana würde wohl den meisten Platz benötigen. Den Kofferraum würde er daher besser für sie freilassen. Er entschied sich, die Sachen stattdessen auf den Rücksitz zu legen. Als er gerade den die Heckklappe schließen wollte, bemerkte er einen Lichtschein nahe der Hütte.

Er traute seinen Augen nicht. Leise schloss er den Kofferraum und die hintere rechte Tür. Danach griff er nach einer alten Stange und schlich in Richtung der Behausung. Er beobachtete, wie das Licht Stück für Stück näher kam. Dave konnte nicht erkennen, wer oder was sich hinter der Lichtquelle befand. Der Regen wurde immer stärker und prasselte mittlerweile auf den Boden nieder.

Als Dave die Hütte fast erreicht hatte, erlosch das Licht. Auch der- oder diejenige war inzwischen an der Hütte angekommen. Er blieb stehen. Seine Augen hatten Mühe, die Person klar zu sehen. Er konnte erkennen, wie sich die Gestalt an das rechte Fenster der Hütte begab und hineinspähte.

Dave ging nun langsam Schritt für Schritt in Richtung des Fensters. Dabei umklammerte er krampfhaft das alte Eisen mit seiner rechten Hand. Seine Haare waren innerhalb kürzester Zeit komplett durchnässt. Die Regentropfen liefen über seinen Kopf bis in die Haarspitzen. Tropfen für Tropfen fiel teilweise in sein Gesicht und teilweise zu Boden. Er bemerkte, wie der Regen über seine Wangen bis zu seinem Mundwinkel lief. Trotz der Regenmassen, die ihn umgaben, hatte Dave erneut das Gefühl eines völlig trockenen Halses. Er öffnete seinen Mund ein wenig und schmeckte die feuchtigkeitbringenden Tropfen auf seiner Zunge. Seinen Blick hatte er auf die Gestalt fixiert. Jede Bewegung verfolgte er ins Detail.

Die Person trat einen Schritt vom Fenster zurück. Dave erkannte nun eine dunkelgrüne Regenjacke. Die Kapuze war vollständig über den Kopf gezogen. Das Gesicht zeigte in Richtung Hütte. Er schlich näher. Nur noch wenige Meter war er von der Tür entfernt. Er machte größere Schritte, der Regen prasselte so stark und laut, dass Dave nicht zu hören war. Der Niederschlag glich einem Monsun. Ein Wetterphänomen, das in dieser Region normalerweise nicht auftrat. Fast war er da. Er streckte seine linke Hand aus, um nach der Kapuze zu greifen. Mit der anderen umfasste er noch stärker die Eisenstange. Er hob sie an. Mit einem Hieb wollte er die Gestalt niederschlagen, wenn es von Nöten war. Er biss die Zähne zusammen. Der Boden vor der Hütte hatte sich inzwischen aufgeweicht. Schwer zog er die Füße aus dem Matsch, um den nächsten Schritt zu machen. Der Wind fegte durch die Bäume. Das Wasser lief links und rechts an der Hütte vorbei. Dave setzte einen Fuß auf die erste Stufe. Die Gestalt war nun direkt vor ihm. Sollte er etwas sagen oder direkt zuschlagen? Schließlich hatte er das Eisen bereits erhoben. Das sollte ja wohl für sich sprechen. Die fremde Person öffnete die Tür. Dave war noch drei Stufen entfernt. Er atmete noch einmal ein. Als er gerade wieder ausatmen wollte, gab es einen lauten Schlag. Alles wurde hell erleuchtet. Ein Blitz. Daves Arme sanken blitzartig zu Boden. Er drehte sich um. Der Blitz musste nur wenige Meter hinter ihm eingeschlagen sein. Nach einem kurzen Augenblick drehte er sich wieder nach vorne. Die Gestalt stand nun nicht mehr vor der Tür, sondern war in die Hütte eingetreten. Er war geschockt. Schnellen Schrittes stieg er die Stufen empor und versuchte, seinen Rückstand aufzuholen. Er fragte sich, ob er fürs Äußerste bereit war. Würde er jemanden niederschlagen, um Jana und Malaika zu beschützen? Er war fest entschlossen, dass er es tun würde. Dann erreichte er den Eingang und betrat ebenfalls die Hütte. Etwa einen Meter vor ihm stand er oder sie. Die Umrisse waren nun klar zu erkennen. Der Mensch war nicht viel kleiner als er, die Statur durch die zu große Regenjacke jedoch nur schwer abzuschätzen. Doch die Hose und Schuhe sprachen für …

Dave sah, wie sich Jana aufgerichtet hatte und den oder die Fremde anknurrte. Beschützend hatte sie sich vor Malaika gestellt und fletschte die Zähne. Ein solch bedrohliches Knurren hatte Dave noch nie von ihr gehört. Die Person vor ihm trat zwei Schritte nach vorne und ging in die Knie. Die Hündin wich keinen Millimeter zur Seite. Dave war wie erstarrt. Das Knurren von Jana hatte ihn sehr beeindruckt. Er machte einen kleinen Schritt zur Seite, um die Situation besser erkennen zu können. Jana lenkte ihren Blick auf Dave und änderte schlagartig ihr Gemüt. So, als ob sie davon ausging, dass der Fremde zu ihm gehören würde.

Dave hielt die Eisenstange nur noch locker in der rechten Hand. Trotz der angespannten Lage machte sich ein Hauch von Vertrautheit breit. Er richtete seine Augen wieder auf die Person, die nun mit beiden Händen nach der Kapuze griff und sie langsam zurückzog. Langes, blond leuchtendes Haar kam zum Vorschein. Sie drehte ihren Kopf in Richtung Tür. Dave stand still, ohne zu wissen, wie er am besten reagieren sollte. Noch in Gedanken, erkannte er plötzlich, wie ihn das wunderschöne Gesicht einer jungen Frau anschaute. Einige blonde Haare waren ihr ins Gesicht gefallen. Dahinter versteckten sich große, wunderschöne stahlblaue Augen. Der Mund war leicht geöffnet. An ihrem rechten Ohr konnte Dave trotz der Haare einen kleinen, silbernen Ohrstecker erkennen. Sie formte ein Lächeln, das den gesamten Raum durchdrang. Ihr Parfum flutete das Innere der Hütte, ohne dabei zu penetrant aufzutreten. Eine gekonnte Prise und perfekte Balance zwischen markanter Duftnote und dezenter Präsenz. Um ihren Hals trug sie einen riesigen rosa Schal, der ihre natürliche Schönheit betonte. Ihre Lippen und Wangen waren ungeschminkt. Nur ihre Augen hatte sie etwas betont.

Ein minimaler Strich mit dem Eyeliner und schon waren sie ein Blickfang. Ein Wegsehen erschien Dave unmöglich.

„Und du bist der Besitzer dieser Hütte?“, fragte eine liebevolle und auch reizvolle weibliche Stimme.

„Nun, wonach sieht es denn aus?“, fragte er, um der direkten Beantwortung der Frage auszuweichen.

„Für mich sieht es so aus, als hätte auch euch dieses Unwetter überrascht“, sagte sie.

„Stimmt“, erwiderte Dave. „Und wir haben es hier mit wem zu tun …?“, frage er, um die Stille zu überbrücken und seine Neugierde zu befriedigen.

„Ich wüsste nicht, warum ich jemandem meinen Namen verraten sollte, der eben noch mit einer erhobenen Eisenstange hinter mir stand“, erwiderte die Unbekannte.

Dave erstarrte, als er die Worte hörte. Hatte sie ihn etwa gesehen? Er versuchte, sein Erstaunen zu überspielen und gelassen und ruhig zu wirken.

Als er seine Gedanken unter Kontrolle gebracht hatte, konterte er gekonnt: „Vielleicht wollte ich auch nur ein Gentleman sein und einen möglichen Blitzeinschlag ableiten.“

Dave spürte, wie eine heitere Atmosphäre den Raum flutete. Der Blick der Unbekannten wanderte von seinem rechten Arm zu seiner Hand und dann zu der Eisenstange.

„Und du dachtest, mit so einer alten Eisenstange hättest du noch Chancen gehabt?“, fragte sie und fing an, sich langsam aufzurichten.

„Du hast recht. Das nächste Mal lasse ich die Stange weg und ducke mich einfach. Wahrscheinlich schlägt der Blitz dann bei dir ein, oder bist du auch schon alt und rostig?“, fragte Dave mit frechem Charme in der Stimme.

„Ich denke, du bist eher alt und rostig, sonst hätte ich dich nicht bei deinem Versuch, dich anzuschleichen, quietschen gehört."

Ein kurzer Moment der Stille entstand. Beide sahen sich gegenseitig in die Augen. Es hatte etwas von einem Duell, zugleich waren die Blicke jedoch von Barmherzigkeit und Freundlichkeit geprägt. Ein paar Sekunden vergingen, ehe beide den Mund zu einem Lächeln formten und anfingen zu lachen.

Nachdem das Gelächter verstummt war, wollte Dave die Unbekannte erneut nach ihrem Namen fragen. Als er gerade Luft geholt hatte und seinen Mund öffnete, um die Worte durch den Raum klingen zu lassen, flogen ihm bereits ihre entgegen.

„Schön hast du, oder sollte ich lieber sagen, habt ihr, es hier!", sagte sie und drehte sich dabei im Kreis, um den ganzen Raum zu begutachten. Ein Donnerschlag unterbrach sie. „Naja, bis auf das Wetter, da habt ihr euch den falschen Tag für einen Ausflug ausgesucht", fuhr sie fort.

Dave bemerkte, wie der Regen unaufhörlich auf das Dach niederschlug. Ein kontinuierliches Geräusch. Es hatte etwas Beruhigendes.

Er holte erneut aus: „Wir sind etwas unglücklich in dieses Unwetter geraten."

„Unglücklich in ein Unwetter geraten, wie kann so etwas denn passieren?", fragte die Namenlose.

„Naja, der eigentliche Plan war, heute an einem anderen Ort in der Sonne zu liegen und auf den Erfolg zu trinken, aber ..." Er stockte. Was hatte er sich nur dabei gedacht, so viel von sich preiszugeben?

„Und, warum hat der eigentliche Plan nicht funktioniert?", hörte er die fragenden Worte.

„Nun, wir haben die Schatzkarte verloren und leider ist uns das Benzin ausgegangen, und als wir an der Tankstelle waren, haben wir unser ganzes Geld in den Rum investiert, statt unser Schiff aufzutanken“, sagte er.

Schiff auftanken, Rum, du trinkst doch gar keinen Rum. Und warum zur Hölle erzählst du ihr von einer Tankstelle?, warf sich Dave in Gedanken vor.

„Aha, und wo ist dein Schiff jetzt? Und was ist mit deiner Crew passiert?“, fragte die junge Dame.

Dave drehte sich um und schloss die noch immer offenstehende Hüttentür.

„Für eine namenlose Landratte fragst du ganz schön viel!“, konterte er, legte die Eisenstange auf den Tisch und nahm direkt neben dem Feuer am Kamin Platz. Als er sich mit seinem Körper zum Feuer gewandt niedergelassen hatte, drehte er seinen Kopf leicht in ihre Richtung.

„Du bist ja ganz nass von dem Unwetter. Wenn du mir deinen Namen verrätst, dann lasse ich dich hier am Feuer Platz nehmen, um dich und deine Sachen zu trocknen“, sagte er und nickte mit seinem Kopf einladend zu ihr hinüber.

„Soso, ich soll mich also neben den ominösen Fremden setzen, der sein Schiff und seine Crew verloren hat?“, fragte sie.

„Sieht ganz danach aus. Die Chance auf einen Funken Wahrheit ist hier am Feuer wohl am wahrscheinlichsten, findest du nicht auch?“, fragte er und war selbst über seine Wortgewandtheit erstaunt.

„Mein Name ist Miriam“, sagte sie.

„Dave“, sagte er. „Nun, da wir den Namen des jeweils anderen kennen, was würdest du davon halten, wenn wir eine Kleinigkeit essen?“, fragte er. „Der Ofen sollte jetzt heiß genug sein, um etwas zu kochen. Ich habe hier ein paar Konserven und ein bisschen Obst. Und ich stelle jetzt noch eine Kanne Wasser auf das Feuer für einen schönen Tee."

„Sonst nichts?", fragte Miriam.

„Nein, entschuldige, ich wusste ja nicht, dass heute noch Besuch kommen würde, der mehr als nur Babybrei, Hundenassfutter und einer Dose Ravioli einfordern würde", sagte Dave und grinste Miriam dabei an.

„Nun gut, der Herr, dann zeig mal, wie du aus den drei Komponenten ein Festmahl zaubern willst", sagte sie und hob ihren Kopf leicht nach oben, um eine Adlige zu imitieren.

„Wer nicht mit anpackt, der bekommt auch keine Ravioli. Vielleicht ist Jana so gütig und gibt dir ein paar Brocken von ihrem Nassfutter ab", sagte Dave lachend und schaute dabei auf die Hündin.

Jana hatte ihren Namen gehört und den Kopf leicht angehoben, so als wollte sie etwas zu der Sache beitragen.

„Na, dann versuch mal, deine Raviolidose ohne Dosenöffner zu öffnen", sagte Miriam herausfordernd und griff nach dem Öffner, den Dave zuvor bereits auf den Tisch gelegt hatte.

„Na warte, wenn ich dich bekomme!", sagte er.

Miriam hatte sich mit dem Dosenöffner bereits auf die alte Couch gestellt. Sie hielt ihn mit der rechten Hand nach oben und winkte provokant in seine Richtung.

Mit einem Satz sprang er auf das Sofa und überwältigte Miriam. Beide fielen auf die Couch und kamen nebeneinander zum Liegen. Dave blickte Miriam tief in die Augen. Sie erwiderte seinen Blick. Das Feuer knisterte leise im Hintergrund. Der Regen strömte noch immer unaufhörlich nieder. Eine angenehme Wärme hatte sich im Raum ausgebreitet. Durch ein leicht geöffnetes Fenster blies eine frische Brise, die die beiden kühlend umgab. Sekunden vergingen. Dave beugte seinen Kopf leicht in Miriams Richtung. Er war nur noch wenige Zentimeter von ihrem Gesicht entfernt.

Ein mächtiger Schlag unterbrach die idyllische Atmosphäre. Ein Donner, so laut wie keiner zuvor. Beide hatten die Augen weit aufgerissen. Das Unwetter musste genau über ihnen sein.

„Na, dann will ich mal das Festmahl zubereiten, bevor wir noch selbst hier gegrillt werden", sagte er und richtete sich auf.

„Stimmt", sagte Miriam und senkte ihren Blick, etwas verlegen von der Situation.

Dave hingegen öffnete entschlossen – mit dem eben zurückgewonnen Öffner – die Dose und ging zum Ofen. Er füllte den Inhalt in einen Topf und ließ ihn vor sich hin köcheln.

Im nächsten Augenblick überlegte er, ob er Jana nochmal zu essen geben sollte. Er wusste nicht, wann sie das letzte Mal von Rob etwas bekommen hatte. Nach kurzem Überlegen entschied er sich, ihr einen weiteren halben Napf anzubieten. Die Zubereitung war schnell abgeschlossen, sodass er als nächstes zwei Tassen aus einer der Taschen zog und in jede einen Teebeutel tat. Er füllte eine alte Eisenkanne mit etwas Wasser aus seiner Flasche und stellte diese direkt neben die Ravioli, die allmählich begannen, ihren Duft im Raum zu entfalten. Glücklicherweise war in der Hütte teilweise noch etwas Geschirr von seinem letzten Besuch zurückgeblieben.

Dann holte er zum Verfeinern ein paar Einwegpackungen Salz und Pfeffer, die es in vielen Hotels gab, aus der Tasche. Hätte Dave gewusst, dass heute noch mehr dazukommen, hätte er aus der Wohnung von Rob noch weiteres Geschirr mitgebracht.

Er überlegte. „Hey, du Dosenöffnerdiebin, was hälst du

davon, wenn ich dir etwas von meinem vorzüglichen Königsmahl abgebe und du mir dafür ein bisschen was von dir erzählst?“

Er konnte die Gedanken von Miriam förmlich lesen, als sie über seinen Vorschlag nachdachte. Sollte sie etwas erzählen und dafür ein paar mittelmäßige Ravioli bekommen oder lieber schweigen und hungern? Doch egal, für was sie sich auch entscheiden würde, Dave erwartete ihre Antwort.

Um ihr die Entscheidung abzunehmen, holte er statt einer zwei Plastikschüsseln aus der Tasche und begann vorsichtig, den Inhalt auf beide gleichmäßig aufzuteilen.

„Na komm, du bist doch bestimmt halb verhungert“, sagte er und winkte ihr mit der Schüssel zu.

Er setzte sich an den Tisch und begann langsam, den heißen Schüsselinhalt zu essen. Nachdem er zwei Löffel genommen hatte, konnte er im Augenwinkel erkennen, wie sich Miriam aufrichtete und zu ihm an den Tisch kam.

Sie setzte sich. Dave schob ihr kommentarlos, aber mit grinsendem Blick die Schüssel rüber. Miriam griff nach einem Löffel und fing an zu essen.

„Köstlich oder etwa nicht?“, fragte Dave.

„Besser als erwartet“, erwiderte Miriam kurz.

„Nun gut, da du am Essen bist, gehe ich davon aus, dass du etwas von dir erzählen willst.“

„Nun, da gibt es nicht viel zu erzählen. Ich bin eine Wandersfrau auf ihrer Tour durch den Wald. Viel brennender würde mich dagegen interessieren, was ein junger Kerl mit einem Baby, einem Hund und Dosenravioli hier im tiefsten Wald treibt?“, antwortete sie und versuchte so, in die Position des Fragenden zu wechseln.

„Ich merke, dass du bei den Benimmregeln damals nicht aufgepasst hast. Wenn man etwas gefragt wird, antwortet man und stellt keine Gegenfrage", sagte er und sah sie dabei wie ein Lehrer seinen Schüler an.

„Und da, wo ich herkomme, fragt man die Leute, was sie wollen, und steht nicht mit erhobener Eisenstange hinter ihnen", konterte sie und spielte den Ball wieder zu Dave.

„Und da, wo ich herkomme ..." Er schwieg. „Genug jetzt mit dem ganzen Wo-ich-Herkomme. Wir kommen offensichtlich aus unterschiedlichen Regionen."

„Offensichtlich", sagte sie und begann, die letzten Ravioli zu essen.

Dave schob seinen Stuhl nach hinten und begab sich zum Ofen. Vorsichtig befüllte er die Kanne mit dem Wasser. Es war warm genug, um einen Tee darin ziehen zu lassen. Er goss das Wasser in die zwei Becher. Danach ging er zum Tisch zurück und stellte sie vor ihnen ab.

„Zeit für eine schöne, warme Tasse Tee. Vielleicht lockert das ja unsere Zungen und du erzählst mir, warum du mit einer viel zu großen Jacke während eines Unwetters mitten im Wald unterwegs bist, Deal?", fragte er.

„Das hängt von der Teesorte ab und ob er warm genug ist", sagte sie.

„Ich verstehe, dann lass ihn noch zwei Minuten ziehen und gib ihm eine Chance."

Dave stand auf, um die benutzten Schüsseln und Löffel provisorisch mit feuchten Tüchern zu säubern.

Die Intervalle der Donnerschläge verlängerten sich. Die Regentropfen fielen weiterhin unaufhörlich auf den Boden.

„Der Tee ist durch", sagte er und blickte zu Miriam hinüber.

Sie ergriff einen der Becher, führte ihn zu ihrem Mund und nahm vorsichtig einen Schluck. Der Donner im Hintergrund wurde leiser. Sie stellte die Tasse auf dem Tisch ab und blickte ihn mit einem zarten Lächeln an.

„Also, kommen wir ins Geschäft?“, fragte er.

KAPITEL 12
RUN AWAY

„Dave? Glaubst du an das Schicksal? Glaubst du daran, dass wir in jedem Moment unseres Lebens etwas aussenden und darauf auch etwas geantwortet oder zurückgesendet bekommen? Glaubst du daran, dass es eine höhere Macht gibt? Das Universum? Gott?“, begann Miriam nach einer kurzen Pause, um auf Daves letzte Frage zu antworten.

„Ganz schön viele Fragen auf einmal, aber zusammengefasst: Ich weiß es nicht. Aber ich glaube daran, dass man im Leben immer etwas bekommt, und zwar dann, wenn man nicht damit rechnet. Es ist so, als wären zu deiner Geburt Tausende Pakete für dich losgeschickt worden. Doch wann das jeweilige Paket zugestellt wird, das kannst du mit deinem Kopf nur ein Stück weit beeinflussen. Wichtiger ist, ob dein Herz dafür bereit ist, es zu empfangen“, sagte er und bemerkte, wie ihm bei seiner Antwort ganz warm ums Herz wurde.

„Wahre Worte“, sprach Miriam.

„Was sagst du dazu, wenn man Jahre seines Lebens daraufsetzt, dass endlich dieses eine Paket ankommt? Diese eine Sendung, die dich befreit. Jeden Tag sitzt du am Fenster und hoffst, dass sie heute kommt, dass sie heute geliefert wird und dich befreit. Tagein, tagaus. Jahrein, jahraus. Bis du irgendwann angekommen bist. Angekommen an dem Punkt, an dem du nicht mehr daran glaubst, dass dieses Paket jemals zugestellt wird, du deine Flamme kaum noch erkennst in der Dunkelheit. Gerade so viel Licht, damit du nicht erstickst, aber zu wenig, um den Weg zu leuchten. Du tappst im Dunkeln. Stößt immer wieder an die Wände. Hast jede Wand mehrfach abgesucht, doch keine Spur. Du bist in dem Trott gefangen und es geht dir die Luft aus. Du bist nicht alleine in dem Raum, du hast jemanden an deiner Seite. Doch nach kurzer Zeit merkst du, dass dieser jemand deine Flamme nicht heller leuchten lässt, nein, er versucht, dein Licht sogar zu schmälern, um selbst heller zu leuchten. Und um das zu erreichen, wendet er jedes Werkzeug an. Er redet dich schlecht, er manipuliert dich, er greift dich an. Am Anfang setzt du darauf, dass der Bote ein paar Pflaster und Zeit liefert, um die Wunden zu heilen. Dann hoffst du darauf, dass der Bote kommt und das defekte Paket mitnimmt und dir ein neues gibt. Zum Schluss ist es dir egal, ob der Bote dir etwas bringt, um deine Schmerzen zu lindern, denn du willst es nur noch beenden, und zwar so schnell wie möglich und so brutal wie nötig. Du tust es und verschwindest, du versuchst, deine Spuren zu verwischen, aber du weißt, dass der Verdacht immer auf dich fallen wird, egal, wie gut du es anstellst. Und dann rennst du weg. Weit weg, so weit deine Füße dich tragen, bis du irgendwann vor einer neuen Tür stehst und eintrittst. Du bist da und bemerkst, dass das Paket, auf das du so lange gewartet hast, vielleicht nur an der falschen Tür abgegeben wurde. Deine Flamme entzündet von neuem, unwissend, ob sie dieses Mal genug Sauerstoff bekommt oder wieder erlischt. Letztlich stehst du an der Grenze und weißt nicht, ob du diese überschreiten oder kehrtmachen solltest", sagte Miriam. Die Tränen liefen ihre zarten Wangen herunter.

Beide schwiegen.

„Ich denke, ich weiß, was du sagen willst", meinte Dave.

Er ging auf Miriam zu und nahm sie in den Arm.

Sie erwiderte seine offenen Arme und drückte sich an seine Brust. Minuten vergingen. Ein Hauch von Freiheit durchschnitt den Raum. Alte, schwere Lasten fielen zumindest für diesen Augenblick ab und schienen überwunden. Ein Moment, der niemals enden sollte.

Er wog sie in seinen Armen leicht hin und her. Miriams Tränen trockneten auf der Haut. Sie schloss ihre Augen und nahm mehrere tiefe Atemzüge, ehe sie sie wieder öffnete. Langsam hob sie ihren Kopf ein paar Zentimeter von seiner Brust und schaute ihn an, bevor sie den Mund öffnete, um ihm eine Frage zu stellen: „Und was ist mit dir? Was ist mit deiner Bestellung?"

Dave starrte in den Raum. Dann schaute er zu Boden und sah Malaika und Jana friedlich auf der Decke liegen. Auch er nahm einen tiefen Atemzug, ehe er langsam wieder ausatmete und zu erzählen begann:

„Was soll ich sagen … Auch ich habe in meinem Leben schon viele Pakete bekommen. Über manch eines habe ich mich mehr gefreut als über ein anderes. Viele hätte ich am liebsten gerne wieder direkt an den Absender zurückgeschickt und andere gar nicht erst entgegengenommen. Doch letzten Endes finden alle Pakete den Weg zu dir. Mit jedem Paket, das du bekommst, von dem du dachtest, du hättest es nicht bestellt, fängst du an zu hinterfragen. Zu hinterfragen, warum dieses Paket gerade jetzt gekommen ist. Du beginnst, dich zu fragen, was es mit dieser Bestellung auf sich hat. Besteht vielleicht doch die Möglichkeit, dass du der Besteller und Absender zugleich bist? Hast du dir diese Pakete vielleicht selbst vor deinem ersten Tag hier schon ausgesucht und abgesandt? Aber würdest du dir solche Pakete mit miserablem Inhalt wirklich selbst zusenden? Eines meiner letzten Pakete war ein solches. Vielleicht waren wir am falschen Ort, als der Zusteller kam und das Paket für einen anderen brachte. Vielleicht haben wir aber auch nur getauscht, und ich musste ein altes abgeben. Ein altes von höchstem Wert, um dafür ein anderes von genauso hohem Wert zu bekommen. Doch bei der Zustellung gab es Probleme mit dem Boten. Ich habe eines bekommen und eines für immer verloren. Keine Chance auf ein Wiedersehen."

Dave schloss die Augen und sah Rob deutlich vor sich stehen. *Tut mir leid, mein alter Freund*, dachte er.

Beide standen da und hielten sich in den Armen. Keine Worte, keine Taten. Schweigend und die Nähe des anderen genießend, standen sie einfach nur da. Die einzigen Geräusche waren der Regen und das Knistern des Feuers im Ofen.

Manchmal ist die Flucht der einzige Weg, um an einen neuen Ort zu gelangen, neue Menschen zu treffen, um sich dann wieder zu finden. Aber eines hatte Dave gelernt. Man konnte nicht ewig flüchten. Früher oder später würden einen die alten Ängste wieder einholen. Man musste sich diesen Ängsten stellen. Er fragte sich, ob er jetzt auf der Flucht oder ob er an einem neuen Ort angekommen war, um sich neu zu finden.

„Und wie soll es jetzt bei dir weitergehen?“, fragte er und unterbrach damit das minutenlange Schweigen.

Miriam hob ihren Kopf von seiner Brust und schaute ihn an.

„Ich habe keine Ahnung. Ich weiß nur, dass ich nicht zurück kann.“

„Zurück wohin?“, fragte er.

„Zurück in die Stadt, zurück in das Haus, zurück in das alte Leben“, antwortete sie.

„Und was ist dir dort widerfahren?“

„Eine Menge. Ich bin vollkommen erschöpft. Würde es dir etwas ausmachen, wenn ich ...?“, Miriam blickte auf die Couch und signalisierte Dave, dass sie sich etwas hinlegen und ausruhen wollte.

Er nickte ihr zu. Beide lösten sich aus der Umarmung. Sie zog ihre Schuhe aus und legte sich auf das Sofa. Dave holte ihr die Jacke und breitete sie wärmend über ihr aus.

„Dann ruhe dich etwas aus. Ich werde draußen nochmal nach dem Rechten sehen“, sagte er und begab sich in Richtung Tür.

Dort angekommen, warf er einen Blick zurück. Miriam hatte bereits die Augen geschlossen und erweckte den Anschein, als wäre sie schon eingeschlafen.

Er trat hinaus. Der Regenschauer hatte stark nachgelassen. Übrig war nur noch ein leichter Sommerregen, der die Luft angenehm befeuchtete. Eine kleine Runde am See würde ihm jetzt guttun. Entschiedenen Schrittes marschierte er los.

Wer war diese Frau? Was hatte sie an sich? Es fühlte sich an, als würden sie sich schon seit Kindheitstagen kennen.

Die letzten zwei Tage waren Dave so viele Fragen wie nie

zuvor durch den Kopf geschossen. Doch mit jedem Schritt, den er ging, tat sich eine Frage mehr und mehr auf.

Wie sollte es jetzt weitergehen?

Seine Schritte wurden langsamer. Der See lag direkt vor ihm, zum Greifen nah. Unbewusst ging er weiter, bis er schließlich an der Stelle stand, an der er Rob verabschiedet hatte. Er schob mit seinen Händen die Blätter des Baumes zur Seite und stellte sich direkt neben den Stamm.

„Hey, Rob. Ich bin es Dave. Oh man. Ich weiß nicht, wo ich anfangen soll, oder vielmehr, wie es weitergehen soll. Ich verliere dich als Bruder und auf einmal befindet sich ein Baby und eine völlig Fremde in meinem Leben. Ich habe Angst, die Verantwortung zu übernehmen. Aber übernehmen muss ich sie. Ich kann Malaika nicht zurücklassen. Soll ich sie in eine Babyklappe legen? Nein, das kann ich nicht. Ich wünschte, du wärst hier und könntest mir helfen. Aber du bist nicht hier und ich bin auf mich gestellt. Alles, was ich von dir gelernt habe, werde ich jetzt brauchen. Rob, danke. Ich vermisse dich."

Er blickte auf und schaute auf den See hinaus. Das Wasser war ruhig. Es hatte aufgehört zu regnen. Kein Regentropfen fiel mehr auf die Oberfläche und verursachte Wellen. Eine tiefe Ruhe machte sich breit.

Er suchte am Ufer nach einem kleinen spitzen Stein. Als er einen gefunden hatte, ging er zum Baumstamm und begann, den Namen von Rob in die Baumrinde zu kratzen. Er brauchte einige Minuten und einiges an Kraft, ehe er die drei Buchstaben in das Holz geritzt hatte. Er machte zwei Schritte rückwärts und begutachtete sein Werk. Er war nicht ganz zufrieden. Irgendetwas fehlte noch. Er ging zurück an den Stamm und hob wieder den spitzen Stein. Dann fing er an, etwas unter Robs Namen zu ergänzen. Minuten vergingen. Als er fertig war, blickte er von nahem und trat dann einige Schritte nach hinten. Jetzt war es perfekt. Unter Robs Namen hatte er eine Flamme in den Stamm geritzt. Das perfekte Symbol. Es beschrieb Rob, der zu Lebzeiten Feuer und Flamme gewesen war. Und es beschrieb auch seinen Abschied.

Voller Stolz blickte Dave auf den Stamm.

„Mach es gut“, sagte er, ehe er zurück zur Hütte lief.

Dieses Mal würde er sich nicht umdrehen. Er hatte jetzt andere, um die er sich kümmern musste. Also hatte er einen Abschluss finden müssen, zumindest vorrübergehend. Eine Würdigung würde es geben, doch sie musste noch warten. Schritt für Schritt näherte er sich der Hütte. Der Regen hatte den Boden aufgeweicht. Einige matschige Klumpen hingen an seinen Schuhen. Als er an der ersten Stufe zum Eingang angekommen war, klopfte er kräftig abwechselnd mit den Schuhen gegen die Stufen, um so den Matsch etwas abzuschütteln. Dann öffnete er die Tür.

KAPITEL 13
WENN DU GEHEN MUSST, DANN MUSST DU GEHEN

Dave betrat die Hütte. Er traute seinen Augen nicht. Die Couch war leer. Jana, Malaika und Miriam waren verschwunden. Er stürmte zum Sofa und sprang darauf, um dahinter zu schauen. Keiner da. Er rannte zu der kleinen Abstellkammer und riss die Tür auf. Niemand.

Er konnte nicht glauben, was passiert war. Hatte Miriam ihn verarscht? Dave schaute sich im Raum um. Die Jacke, mit der er sie zugedeckt hatte, lag auf der Couch. Seine Tasche stand auf dem Boden. Die Sachen lagen noch in etwa so, wie er sie kurz zuvor zurückgelassen hatte.

Warum sollte Miriam einen Hund und ein Baby entführen und den Rest zurücklassen?

Als er so dastand, schoss ihm ein Gedanke durch den Kopf: *Verdammt, das Auto!*

Er rannte durch die Tür auf die kleine Veranda. Dann sprang er die vier Stufen hinunter und lief eine kleine Kurve, um hinter das Haus zu gelangen.

Dort angekommen, sah er den Wagen unter dem Tarnnetz stehen. Er lief hin und öffnete die hintere Tür. Das Fahrzeug war leer. Der Kofferraum. Dave lief hinter das Auto und öffnete ihn. Doch auch hier war niemand.

Dave fiel auf, dass er es am See gehört hätte, wenn das Auto gestartet worden wäre. Außerdem befand sich der Schlüssel noch in seiner Tasche.

Was war hier los?, fragte sich Dave.

Er schloss das Auto ab und ging zurück zur Hütte.

Als er um die Ecke bog, um zu den Treppen an der Haustür zu gelangen, bemerkte er, dass die Tür geschlossen war. Hatte er sie eben bei seinem Sprint noch zugemacht oder war sie durch den Wind zugefallen?

Oder bestand die Möglichkeit, dass jemand in die Hütte gekommen war?

Wo ist dieses verdammte Eisen?, dachte Dave und suchte den Boden ab, in der Hoffnung, etwas Vergleichbares zu finden. Doch da war nichts.

Er stieg die Stufen hoch und ging nach rechts, um einen Blick durch das Fenster zu werfen. An der Scheibe angekommen, konnte er wegen der Spiegelung zunächst nichts erkennen. Er drückte seine Handkanten gegen das Glas, um dann sein Gesicht darauf zu legen. So konnte er in das Innere sehen.

Von unten erschien sprunghaft ein Schatten an der Scheibe. Dave erschrak so sehr, dass er sich vom Fenster abstieß und zwei Schritte nach hinten machte. Im nächsten Moment öffnete sich die Tür. Gefesselt starrte er sie an . Der Schatten hinter dem

Fenster entfernte sich. Er ballte seine Fäuste. Bereit, dem, was da auch kommen mochte, alles entgegenzusetzen, was er hatte.

An der Tür blieb er stehen. Eine Hundeschnauze kam zum Vorschein, dann der Rest des Kopfes. Dave ging in die Knie, um Jana in die Arme zu nehmen. Voller Freude sprang die Hündin an ihm hoch. Als er aufblickte, entdeckte er Miriam mit Malaika auf dem Arm. Ihm fiel ein Stein vom Herzen, als er sah, dass alle wohlauf und in der Hütte waren.

„Puh, als ich eben zurückkam, dachte ich schon, ihr wärt Zigaretten kaufen gegangen und würdet nicht mehr zurückkommen", sagte er, ohne groß nachzudenken.

„Nun ja, hätten wir vielleicht auch gemacht, aber hier gibt es weit und breit keinen Automaten, und findest du nicht auch, dass sie noch etwas zu jung dafür ist?", fragte Miriam und blickte dabei auf Malaika.

„Okay, da hast du recht. Aber was habt ihr dann gemacht?", fragte er neugierig.

„Die junge Dame hielt es für eine gute Idee, die etwas ältere und vor allem müde Dame nicht mal ein paar Minuten schlafen zu lassen. Sie war ständig am Weinen. Ich habe mir kurzerhand beide geschnappt und bin mit ihnen einige Meter durch den Wald gelaufen", antwortete sie.

Dave blickte auf das kleine Mädchen und sah, wie sie wieder friedlich auf dem Arm von Miriam eingeschlafen war.

„Verstehe", sagte er und schlug vor, zurück in die Hütte zu gehen.

Drinnen angekommen, setzten sie sich. Dave stütze seine Arme auf den Knien ab und senkte den Kopf, sodass er auf den Boden schauen konnte. Gleichzeitig faltete er seine Hände ineinander.

„Miriam“, sagte er.

„Äh. Ja, Dave?“, fragte sie.

„Ich habe nachgedacht, als ich eben meine Runde um den See gedreht habe“, fing er an, ehe er von ihr unterbrochen wurde.

„Nachgedacht worüber?“

„Weißt du, mir schossen so viele Fragen durch den Kopf, aber eine hat sich immer klarer herauskristallisiert. Ein junger Mann, ein Baby und ein Hund sind ganz weit draußen fernab von jeglicher Zivilisation, und dann treffen sie auf ein Mädchen, das alleine im Wald unterwegs ist.“

Miriams Blick erstarrte.

„Und jetzt überlegst du, wie du mich loswerden und neben welchem Baum du meine Leiche vergraben kannst?“, fragte sie und starrte Dave dabei an.

„Was? Nein!“, sagte er. „Was ich damit sagen will, ist, wie soll es jetzt weitergehen? Ich meine, gehen wir jetzt getrennte Wege oder sollen wir für immer in dieser Hütte bleiben? Scheiße, ich habe keine Antwort auf diese Fragen.“

Beide schwiegen für einen Moment.

„Ich kann nicht mehr zurück!“, sagte Miriam schließlich.

„Zurück wohin?“, fragte er.

„Ich kann nicht“, sagte sie.

„Verdammt, du musst mir schon sagen, was los ist, wenn ich dir vertrauen soll!“, sagte er mit ernster Stimme.

Er stand auf und blickte sie an. Sie schaute zu ihm auf. Er konnte Tränen in ihren Augen erkennen.

Als er gerade etwas sagen wollte, bemerkte er ein ganz leises Summen. Zunächst konnte er es nicht einordnen. Er ging in Richtung Tür und bemerkte, dass diese noch immer offenstand.

Er schaute hinaus in den Wald. In der Ferne meinte er, einen Scheinwerfer erkannt zu haben. Die Motorengeräusche wurden lauter.

Dave stand wie angewurzelt da. Sein Mund war leicht geöffnet und sein Blick starrte in die Ferne. Konnte es sein, dass jemand ...

„Los! Sachen packen!", befahl er mit lauter und ernster Stimme. Er rannte in die Mitte des Zimmers und begann, alle Dinge, die noch herumlagen, in die Taschen zu werfen. „Beeilung!"

Ohne Widerworte sprang Miriam auf. Sie nahm Jana an die Leine und Malaika auf den Arm.

„Zum Auto. Hinter der Hütte!", befahl Dave.

Miriam rannte zur Tür. Dave zog den Reißverschluss der Tasche zu und folgte ihr. Als er an der Tür war, drehte er sich rasch um und blickte ein letztes Mal in das Zimmer.

Noch bevor er den ganzen Raum gescannt hatte, drehte er sich wieder nach vorn. Er bemerkte, dass die Motorengeräusche jetzt sehr nah waren. Er zog die Tür hinter sich zu, sprang die Stufen der Veranda hinunter und rannte um die Ecke hinter das Haus.

Als er Miriam am Auto aufgeholt hatte, packte er, ohne zu zögern, das Tarnnetz und warf es vom Wagen.

„Rein da!"

Miriam ließ Jana in den Kofferraum und setzte sich anschließend mit Malaika auf den Beifahrersitz. Dave warf währenddessen das Gepäck auf die Rückbank und sprintete zur Fahrerseite. Er stieg ein und drehte die Zündung. Der Motor sprang nicht an.

„Fuck!", rief Dave.

Wieder drehte er den Zündschlüssel. Es summte, doch der Motor sprang wieder nicht an.

„Komm schon!“, sagte er.

Miriam schaute zu ihm herüber.

„Stopp!“, sagte sie.

Er blickte sie an. In diesem Moment hatte er eine Idee.

Er schaltete das Licht, das Radio und alles, was Strom verbrauchte, aus. Dann wartete er ein paar Sekunden, bevor er es erneut probierte.

Das Auto summte und kurz darauf sprang der Motor an.

Er schloss die Augen und flüsterte ein leises „Danke“. Dann legte er den ersten Gang ein und fuhr an.

Der Wagen schoss los. Dave lenkte ihn um die Hütte herum, um auf einen der Waldwege zu gelangen, die von der Lichtung wegführten. Dabei fuhr er so schnell um die Kurve, dass das Fahrzeug drohte auszubrechen. Der noch matschige und weiche Boden flog links und rechts am Wagen hoch und befleckte alles im Umkreis des Autos. Dave konnte noch etwa fünfzig Meter entfernt ein schwarzes Fahrzeug erahnen. Er trat das Gaspedal fast vollständig durch und fuhr auf den Waldweg in die entgegengesetzte Richtung, aus der er am Tag zuvor gekommen war. Dave und auch das Auto hatten ihre Probleme, auf dem feuchten Waldweg die Spur zu halten. Doch sie hatten keine andere Wahl. Als er die erste Gerade erreichte, fuhr er ein weiteres Stück und blickte dann in den Rückspiegel.

„Niemand zu sehen!“, sagte er erleichtert.

Er blickte hinüber zu Miriam und Malaika. Die Kleine war begeistert von der schnellen Fahrt und gluckste.

„Pass auf!,“ rief Miriam.

Dave sah aus dem Fenster. Das andere Auto auf dem Parallelweg war fast auf gleicher Höhe mit ihnen.

„Wer ist das?“, fragte er.

„Ich kenne das Auto“, sagte sie.

„Da vorne führen die Waldwege zusammen“, sagte er.

Er trat das Gaspedal voll durch, um schneller als der andere zu sein. Er fuhr nun ohne Rücksicht auf das Auto über Stock und Stein. Sie wurden ziemlich durchgerüttelt. Malaika fing an zu schreien. Miriam gab ihr Bestes, um das Mädchen zu beruhigen, ohne Erfolg. Immer wieder blickte Dave hinüber zum anderen Auto. Doch er konnte nur eine vermutlich männliche Gestalt mit Sturmhaube erkennen.

Es war offensichtlich, dass er etwas von ihnen wollte. Er beschleunigte ebenfalls, wenn Dave es tat.

„Dave, die Kreuzung kommt näher!“, sagte Miriam, während sie gleichzeitig versuchte, Malaika zu besänftigen.

„Ich sehe es!“, entgegnete er.

Er trat die Kupplung durch, schaltete in einen kleineren Gang, ehe er das Gaspedal wieder voll durchtrat. Der andere beschleunigte ebenfalls, die Waldwege kamen sich näher und näher.

„Haltet euch fest!“, sagte Dave.

Er sah wieder zum schwarzen Wagen. Der Fahrer hatte das Fenster heruntergelassen und hantierte mit seinen Händen. Dave konnte es nicht genau erkennen. Die Bäume und Sträucher zwischen den Waldwegen waren zu dicht.

Noch fünfzehn Meter. Die Bäume und Sträucher lichteten sich. Er blickte wieder hinüber.

Noch zehn Meter. Er schaute nach vorne und bemerkte, dass die Kreuzung frei war, dann sah er wieder zum anderen Waldweg. Das schwarze Auto war mit ihnen auf gleicher Höhe. Nur noch wenige Bäume wuchsen zwischen den beiden Waldwegen.

Noch fünf Meter. Er konnte nun eine Pistole in der Hand des

Fahrers erkennen, die auf sie gerichtet war.

Dave blickte abwechselnd auf die Kreuzung, dann auf das andere Auto. Kurz vor der Kreuzung bremste er stark ab, ehe er direkt wieder das Gaspedal durchdrückte. Der schwarze Wagen fuhr vor ihnen auf die Kreuzung. Dave hielt darauf zu und fuhr von hinten auf den schwarzen Wagen auf. Es machte einen starken Ruck.

Miriam hielt sich mit einer Hand am Türgriff fest, während sie mit der anderen Malaika umklammerte und sie an sich presste.

Der schwarze Wagen war durch den Aufprall vom Waldweg abgedrängt worden und leicht in eine abfällige Böschung gefahren. Dave nutzte die Chance und gab Vollgas, um seinen Verfolger abzuschütteln.

Hinter der Kreuzung bildete der Waldweg zunächst eine lange Gerade. Dave blickte andauernd in den Rückspiegel. Er sah, wie das schwarze Auto wackelte. Es schien, als würde es festhängen.

Als er auch am Ende der Gerade keine Veränderung im Rückspiegel feststellen konnte, blickte er zu Miriam und Malaika.

„Gut, ich glaube, der hat sich festgefahren“, sagte er.

Dave ging etwas vom Gas, um keinen Bruch der Stoßdämpfer auf dem unwegsamen Gelände zu riskieren. Eine gute halbe Stunde fuhren sie durch den Wald. Er hatte einige Male die Wege gewechselt, um eine Verfolgung zu erschweren. Als sie fast aus dem Wald heraus waren, lenkte er den Wagen an den Rand und schaute Miriam an.

„Geht es euch gut?“, fragte er.

Malaika hatte sich wieder beruhigt und lag friedlich in Miriams Armen.

„Ja, ich denke, uns geht es gut", antwortete sie.

„Miriam, als das Auto eben kam, da hast du gesagt, du kennst es!", sagte er mit ernster Stimme. „Angesichts dessen, dass der Typ uns eben fast umgebracht hätte, denkst du nicht auch, dass es Zeit wäre, die Wahrhcit zu erzählen? Was will der von dir? In welcher Scheiße stecken wir hier? Ach, und Miriam, erzähl mir keine Märchen!", ergänzte er, um ihr zu verstehen zu geben, dass es ihm sehr ernst war.

Miriam blickte schweigend in den Fußraum.

„Ich gehe jetzt vorne ans Auto, um mir die Stoßstange anzuschauen. Hoffentlich können wir damit auf der Straße fahren. Wenn ich zurückkomme, will ich Antworten!", sagte Dave und untermauerte damit nochmal seine Fragen. Dann stieg er aus.

Nach etwa zwei Minuten kehrte er zurück, öffnete die Tür, stieg ein und setzte sich. Er nahm den Kopf in den Nacken, schloss die Augen und atmete aus. Dann drehte er sich zu Miriam und öffnete dabei die Augen.

„Also?", fragte er.

Miriam hob den Kopf und blickte nun Dave direkt an.

„Du willst die Wahrheit, die sollst du haben", sagte sie und nahm einen tiefen Atemzug.

KAPITEL 14
ZURÜCK IN DER VERGANGENHEIT

„Vor etwa fünf Jahren habe ich diesen Typen kennengelernt. Er war witzig, einfühlsam und ein absoluter Traumprinz. Wir haben einander näher kennengelernt und sind schließlich zusammengekommen. Ich war superglücklich. Naja, zumindest die ersten Wochen und Monate. Wir haben ein Haus in Tesburg gekauft und ich habe meine Heimat verlassen, um hier mit ihm zu leben. Nach einer gewissen Zeit war er immer häufiger schlecht gelaunt. Ich dachte, dass er vielleicht Stress auf der Arbeit hätte oder einfach hin und wieder einen schlechten Tag. Doch er hatte immer häufiger schlechte Laune. Jede Beziehung erlebt mal schlechte Zeiten und ich dachte, wir würden es überstehen. Eines Abends kam er ziemlich betrunken nach Hause. Er hatte sich neben das Sofa gelegt, weil er wohl das Schlafzimmer nicht mehr gefunden hatte. Als ich ihn weckte und in unser Bett bringen wollte, hat er mich weggestoßen. Ich bin auf den Boden gefallen und er ist gegangen. Als ich ihn am nächsten Tag darauf ansprach, wusste er von nichts und entschuldigte sich bei mir. Er hat mir Blumen gekauft und wollte es wiedergutmachen. Jeder baut mal Scheiße, wenn er betrunken ist, so dachte ich zumindest.

In den darauffolgenden Wochen kam er wiederholt betrunken nach Hause. Von Mal zu Mal wurde er aggressiver. Ich fragte ihn, was los sei, doch er sagte nur, er habe viel Stress auf der Arbeit und dass ich ihn nicht auch noch nerven solle. Ich ließ ihn eine Zeit lang in Ruhe, doch irgendwann hatte ich genug und stellte ihn zur Rede. Ich fragte ihn, was genau auf der Arbeit los sei und warum er so schlechte Laune habe. Er stand nur still da, fast schon apathisch, und starrte mich mit leerem Blick an. Ich berührte mit meiner Hand seine Schulter, um ihn zu streicheln. Da holte er aus und schlug mir ins Gesicht. Ich muss wohl direkt zu Boden gegangen sein. Das nächste, an das ich mich erinnern kann, ist, dass ich auf dem Boden aufwachte und ein Kühlakku auf meinem Gesicht lag. Von ihm keine Spur.

Ich hatte eine ziemliche Beule am Kopf und brauchte einige Zeit, um wieder klarzukommen. Als ich ihn darauf ansprach, konnte er sich nur noch teilweise daran erinnern. Wieder entschuldigte er sich bei mir, und wieder verzieh ich ihm und wir versöhnten uns. Dann war einige Wochen Ruhe und es lief wieder normal zwischen uns.

Eines Tages saßen wir am Esstisch und hatten einen schönen Abend. Er hatte den besten Rosé der Region mitgebracht, und es schien alles in Ordnung. Einige Gläser später kippte die Stimmung und wir stritten uns wegen irgendetwas Banalem, als ich mir erst seine Linke und dann benommen auch noch seine Rechte einfing. Er schlug immer wieder zu. In den Bauch, auf die Brust, die Arme, bis ich auf dem Boden lag und nur noch meine Arme schützend vor meinen Kopf hielt.

Seit diesem Tag kam es dann regelmäßig zu solchen Angriffen. Anfangs versuchte ich, mich zu wehren, hatte aber gegen ihn keine Chance. Er war einfach zu groß und zu stark. Irgendwann ließ ich es nur noch über mich ergehen. Und steckte die Schläge ein. Danach ging ich ins Badezimmer und nahm eine kalte Dusche. Ich legte mich mit Kühlakkus auf die Couch, damit die Schwellungen nicht allzu stark zu sehen sein würden.

So ging es eine schier endlose Zeit. Ich hatte immer die Hoffnung, dass er sich wiederfinden würde, dass es wieder werden würde, wie zu der Zeit, als wir uns kennenlernten. Doch mit jedem Tag schwand meine Hoffnung ein Stückchen mehr. Mit jedem Schlag, mit jedem Tritt, der mich traf, verlor ich den Glauben daran. Anfangs hatte ich nur Angst. Angst, ihm entgegenzutreten, Angst davor, von ihm wegzulaufen, Angst vor allem. Doch in mir wuchs etwas heran. Ein tiefer Hass und gleichzeitig ein tiefer Wunsch nach Freiheit.

Ich konnte so nicht mehr weiterleben. Vor ungefähr drei Monaten brachte er dann einen Freund mit nach Hause. Der sah all meine blauen Flecken und Verletzungen. Ich hatte Angst, dass sie mich jetzt zu zweit verprügeln oder noch etwas Schlimmeres gegen meinen Willen tun würden. Doch sie interessierten sich nicht für mich. Als mein Mann dann irgendwann ins Badezimmer ging, kam der mir Unbekannte auf mich zu und fragte, woher meine Wunden stammen würden. Ich sagte ihm, dass ich schlimm gestürzt sei, es mir aber wieder besserging. Er glaubte mir nicht und notierte mir seine Nummer auf einen Zettel. Mit einem Lächeln gab er ihn mir und sagte: ‚*Es liegt an dir, du kannst bestimmen, ob du weiterhin stürzen oder endlich, ohne zu fallen, leben willst.*' Als mein Mann zurückkam, blieb er noch etwa eine halbe Stunde. Die beiden wollten etwas besprechen, bei dem ich nicht dabei sein durfte. Danach verließen beide das Haus.

Lange hatte ich überlegt, ob ich ihn anrufen sollte. Einige Tage später, als ich alleine zu Hause war, entschied ich mich dafür. Er hielt sich kurz am Telefon und sagte, er hätte eine Idee, wie er mich da rausholen könne, es würde aber noch ein bisschen Zeit in Anspruch nehmen. Dann hörte ich längere Zeit nichts mehr von ihm."

Miriam hatte ihren Bericht beendet. Sie schwieg kurz und atmete einige Male durch. Inzwischen hatte die Dämmerung eingesetzt.

Dave blickte sich um. Hinter ihnen im Wald konnte er das Licht eines Scheinwerfers erkennen. Das schwarze Auto, dachte er und fuhr langsam los. Er ließ das Licht ausgeschaltet und lenkte den Wagen weiter in den Wald hinein. Hier oben kannte er sich fast blind aus.

„Verdammt, wie konnte er uns jetzt wiederfinden? Ich habe die Wege so oft gewechselt", sagte Dave mit ärgerlicher Stimme.

Miriam hatte sich ebenfalls umgedreht und beobachtete, ob das Auto ihnen folgen würde.

„Das Scheinwerferlicht wird schwächer", sagte sie.

„Gut", sagte er. „Ich kenne hier einen alten Eisenbahntunnel. Da fahren wir jetzt hin", sagte er dann und beschleunigte das Auto.

Nach etwa fünf Minuten erreichten sie die besagte Unterführung. Dave fuhr einige Meter hinein und hielt an.

„Dieser Typ in dem schwarzen Auto, war das dein Mann?“, fragte er.

Miriam schaute ihn an.

„Ich bin mir sicher, dass er es war“, sagte sie.

„Verdammt!“

Dave hielt das Lenkrad fest und tippte mit seinem Zeigefinger kontinuierlich dagegen.

„Was jetzt?“, fragte sie.

„Ich denke nach“, entgegnete er. Schlagartig hörte er auf, mit seinem Finger zu tippen. „Miriam, hast du ein Handy dabei?“

„Nein, Dave“, sagte sie. „Ich musste gestern Abend schnell aus dem Haus, da habe in der Eile nur das wichtigste geholt, danach habe ich mir die Jacke und etwas Bargeld gegriffen und bin weggelaufen. Erst später habe ich bemerkt, dass ich mein Handy vergessen hatte.“

Er musterte sie.

„Ist das deine Jacke?“, fragte er.

„Nein, die gehört ihm“, sagte sie.

„Zieh sie aus!“, befahl er.

Miriam fing an, sich aus der Jacke zu schälen.

„Na los, Beeilung!“, drängelte er.

Als sie fertig war, reichte sie ihm die Jacke.

Er untersuchte sie, zunächst die Taschen, dann die Kapuze, nichts. Er drehte das Innenfutter nach außen und bemerkte einen kleinen sperrigen Gegenstand im Inneren des Kleidungsstücks. Er riss das Innenfutter auf und eine kleine schwarze Box kam zum Vorschein.

„Was ist das?“, fragte Miriam.

„Die Erklärung, warum uns dein Mann gefunden hat. Das ist ein eingebauter GPS-Tracker, der in solchen Wanderjacken verbaut werden kann, um seine Routen zu planen und zu verfolgen."

Miriam riss die Augen weit auf und blickte ihn erschrocken an.

„Shit, und was machen wir jetzt?", fragte sie.

„Na, was wohl, wir werden das Ding entsorgen und hoffen, dass das Signal zumindest hier im Tunnel unterbrochen ist", sagte er.

Gleichzeitig packte er den GPS-Tracker und stieg aus dem Auto. Er warf ihn vor sich auf den Boden und ging zum Kofferraum. Nachdem er ihn geöffnet hatte und Jana mit einer Hand festhielt, damit diese nicht heraussprang, suchte er mit der anderen Hand nach einem Radkreuz.

Als er es gefunden hatte, schloss er die Heckklappe, ging wieder zum GPS-Tracker und wollte gerade darauf einschlagen, als ihm eine Idee kam. Er ließ seinen erhobenen Arm mit dem Radkreuz sinken und griff mit seiner freien Hand nach dem Gerät.

Er drehte und wendete es, bis er einen kleinen, in einer Aussparung positionierten Knopf fand. Er betätigte ihn und das rote Blinklicht hörte auf zu leuchten.

Miriam beobachtete Dave aus dem Fahrzeuginneren und sprach zu ihm durch die geöffnete Fahrertür.

„Was machst du, wolltest du es nicht entsorgen?", fragte sie.

„Ja, ich werde es entsorgen, später", sagte er und setzte sich wieder ins Auto. Das Radkreuz legte er hinter sich auf den Rücksitz. Nachdem er sich angeschnallt hatte, durchquerten sie den Tunnel und bogen am anderen Ende nach rechts ab.

Immer wieder blickte Dave in den Rückspiegel, um sicherzugehen, dass niemand ihnen folgte. Erleichtert stellte er fest, dass der Wald hinter ihnen dunkel blieb.

Nachdem sie einige Meter gefahren waren, ergriff er wieder das Wort.

„Du hast eben von einem Freund deines Mannes und einer Lösung für dein Problem erzählt", sagte er.

„Ja", sagte sie. „Vor drei Monaten war das erste Mal seit langer, langer Zeit, dass ich wieder Hoffnung spürte. Ich wusste gar nicht mehr, wie sich Hoffnung anfühlt. Welche beflügelnde Wirkung Hoffnung hat. Und wenn sich das Gefühl von Hoffnung ausbreitet, hast du auch einen Glauben. Du glaubst an etwas, und du erhältst eine unglaubliche Kraft. Der Wille entfacht und du bist wieder da. Meine innere Flamme schien erloschen, doch dieser Funke ... all meine Wut, all meine Angst war weg, zumindest für den Augenblick."

„Ich verstehe", sagte er. „Was genau ist passiert, warum bist du heute zu uns in die Hütte gekommen?"

Miriam blickte ihn traurig an.

„An dem Abend, als es stattfinden sollte, kam mein Mann früher nach Hause als erwartet. Er war total durch den Wind und ziemlich verschwitzt. Ich versuchte, ihn zu beruhigen, doch er wollte nichts von mir hören. Er schlug mich. Ich wusste, dass irgendetwas nicht stimmte. Erschöpft von den Schlägen zog ich mich zurück und machte ihm einen Cocktail. Als ich zu ihm ins Wohnzimmer kam, saß er einfach nur da und starrte mich an. Ich reichte ihm den Drink und sagte, er solle ihn trinken und entspannen. Er nahm ihn und leerte ihn in einem Zug. Ich ging zurück in die Küche und machte ihm noch einen, und dann noch einen und noch einen, bis er fünf Stück getrunken hatte. Halb sitzend, halb liegend hing er vor mir im Sessel. Langsam schlossen sich seine Augen. Mir liefen einige Tränen die Wange herunter", sagte sie und hatte auch jetzt wieder feuchte Augen.

Dave blickte zu ihr hinüber und fragte: „Was ist passiert, warum weinst du?"

Ihre Augen waren leicht gerötet. Immer wieder gab sie einen tiefen Seufzer von sich.

„Meine letzten Worte an ihn waren: ‚Ich hoffe, du wirst dafür in der Hölle brennen'."

Er blickte sie fragend an.

„Verstehst du nicht, Dave? Ich habe ihn mit Schlaftabletten vergiftet und gehofft, er würde sterben."

Dave trat auf die Bremse und schaute sie an. Er konnte kaum glauben, was er da gerade gehört hatte.

„Und dann bist du abgehauen?", fragte er nach einigen Sekunden der Stille.

„Ja, ich bin aus dem Haus und wollte nur noch weg. Ich habe mein Handy liegen lassen. Ich konnte ihn noch nicht mal anrufen und ihn um Hilfe bitten. Ich bin dann runter in Richtung der Tankstelle, doch überall waren Streifenwagen."

Dave erstarrte und schluckte seinen Speichel herunter.

„Ich bin dann in diesen Wald gelaufen, und immer weiter und weiter. Soweit meine Füße mich getragen haben. Irgendwann bin ich vor Erschöpfung einfach stehengeblieben, habe mich unter einem Felsvorsprung versteckt und bin vor Müdigkeit eingeschlafen. Am nächsten Tag bin ich dann weiter in den Wald gelaufen. Ich fühlte mich schrecklich und zugleich frei. Immer weiter und weiter, bis ich irgendwann vor dieser Hütte stand und dich, Jana und Malaika gesehen habe. Ich habe euch einige Zeit beobachtet. Deine fürsorgliche Art für die beiden. Deine Ausstrahlung, ich wusste, dass ich zu dir musste", sagte sie und blickte hilfesuchend zu Dave.

Ihn überkam dieses Gefühl der Vertrautheit. Wer war sie? Hatte er sie schon einmal irgendwo gesehen?

Die beiden schauten sich tief in die Augen und schwiegen. Langsam näherte er sich ihr. Sie beugte sich ebenso langsam in seine Richtung. Als beide mit ihren Gesichtern nur noch wenige Zentimeter voneinander entfernt waren, schlossen sie die Augen. Dave lehnte seinen Kopf leicht nach rechts und beugte sich vorsichtig weiter vor, bis er schließlich mit seinen Lippen die ihren berührte. Es folgte ein langer, zärtlicher Kuss. Er umfasste ihre Taille und lehnte seinen Kopf auf die andere Seite. Wieder küsste er sie. Sie strich mit ihrer Hand über sein Gesicht. Langsam nahm er seinen Kopf zurück und öffnete die Augen. Miriam lächelte.

„Wow, ich wusste gar nicht, dass sich hinter diesem Gesicht auch ein solch schönes Lächeln verstecken kann", sagte er.

Sie schaute ihn verlegen an und lächelte umso stärker.

Er legte den ersten Gang ein und fuhr los. Sie waren nur noch wenige Minuten von seiner Wohnung entfernt. Kurz bevor sie da waren, hielt er das Auto an.

„Okay, die letzten Meter sollten wir lieber zu Fuß gehen", sagte er und stieg aus. Sie tat es ihm gleich. Er ließ Jana aus dem Kofferraum und legte den GPS-Tracker hinein. Miriam nahm Malaika auf den Arm, während Dave so viele Sachen, wie er tragen konnte, aus dem Wagen holte.

„Es ist schon spät, versuchen wir, möglichst leise zu sein. Ich lasse Jana noch kurz auf die Wiese und dann gehen wir hoch", sagte er.

Nachdem die Hündin ihr Geschäft verrichtet hatte, begaben sie sich in Daves Wohnung.

Sie war mittelgroß und modern eingerichtet, aufgeräumt und sauber, fast so, als hätte er mit Besuch gerechnet.

Er nahm eine alte Decke aus einem Schrank und legte sie vor die Balkontür. Danach holte er noch eine Schale mit Wasser. Jana hatte sich bereits auf der Decke niedergelassen und schaute erwartungsvoll auf Dave.

„Verstehe, du hast Hunger, ich könnte auch was vertragen", sagte er.

„Ich auch, und unsere kleine Schlafnase hier, die braucht heute wohl nichts mehr, außer einer frischen Windel", sagte Miriam.

„Okay, dann kümmere du dich um die zwei anderen Damen. Ich bringe das Auto nach Rakstein in die Garage und komme mit dem Fahrrad zurück", sagte er, obwohl ihm etwas mulmig bei der Sache war.

„Alles klar. Pass auf dich auf."

Dave lächelte. Er nahm den Autoschlüssel und öffnete die Wohnungstür. Bevor er sie hinter sich schloss, blickte er noch einmal zurück und sah Malaika, Jana und Miriam im Wohnzimmer sitzen. Im Flur war es dunkel. Kein Laut war im Haus zu hören. Entweder war keiner da oder alle Bewohner schliefen.

Als er gerade die Treppen hinuntergehen wollte, öffnete sich seine Wohnungstür und Miriam erschien.

„Dave? Warte, ich habe noch etwas für dich", flüsterte sie und ging zurück in die Wohnung.

Er drehte sich um. Nach einigen Sekunden erschien Miriam wieder an der Tür. Sie drückte Dave ein kleines Kuscheltier in die Hand. Er hielt es einige Zentimeter vor sich in den Händen und schaute es an. Es war ein kleiner Bär, der ein T-Shirt mit einem M. trug und einen Talisman an seinem Bein hatte. Auf ihm war ein Spruch eingraviert. Dave konnte ihn nicht lesen, da das Licht nicht ausreichte. Sie legte ihre Hände um die seinen und schloss sie um den Teddy. Sie beugte sich nach vorn und blickte ihm in die Augen. Er küsste sie. Miriam hielt noch immer seine Hände fest. Sie lehnte ihren Körper etwas nach hinten und ließ sie los. Dann umarmte sie ihn, legte ihren Kopf auf seine Schultern und flüsterte ihm ins Ohr: „Hier hast du meinen Glücksbringer. Nimm ihn mit, er wird auf dich aufpassen."

Dave löste sich aus der Umarmung, drehte sich langsam um und ging in Richtung Treppe. Er stieg die Stufen hinunter, bis er im Keller ankam, und lief dann weiter bis zu seinem Abstellraum. Dort holte er sein altes Trekking-Bike heraus und brachte es nach draußen.

KAPITEL 15
DER NÄCHTLICHE TRIP

Dave schwang sich auf den Fahrradsitz und fuhr los. Die Nacht war angebrochen. Alles war ruhig und friedlich. Der Himmel war klar und er konnte den Mond genau erkennen, während er in die Pedale trat. Er fuhr zum Waldrand, wo er zuvor das Auto abgestellt hatte. Dort angekommen, lud er es in den Kofferraum und setzte sich ans Steuer. Als er das Ende des Waldweges erreichte, überlegte er, ob er nicht doch besser wieder durch den Wald fahren sollte. Doch was, wenn der Mann von Miriam sich noch dort aufhielt? Er entschied sich, die Straße zu nehmen. Schließlich war es schon dunkel und spät. Es würden wahrscheinlich kaum noch Leute unterwegs sein. Einige Minuten vergingen, bis er in Rakstein eintraf. Zunächst fuhr er an den Garagen vorbei. Niemand zu sehen. Am Ende der Straße wendete er und lenkte den Wagen zurück, bis er vor den Garagen hielt. Er stieg aus, holte den Schlüssel und warf einen Umschlag mit Bargeld in den dafür vorgesehenen Briefkasten.

Als er das Auto geparkt hatte, überlegte er, was er mit dem Revolver tun sollte. Er würde ihn nicht mehr brauchen. Zumindest hoffte er das. Andererseits, konnte er es verantworten, einen Revolver in einem Fahrzeug in einer Garage von irgend so einem Typen liegen zu lassen, den er gar nicht kannte? Zudem befanden sich seine Fingerabdrücke auf der Waffe, mit der gestern ein Mensch erschossen wurde.

Dave griff mit seiner Hand auf die Rückbank, um den Revolver aus der Tasche zu holen. Er tastete die Rückbank ab, konnte aber nichts finden. Als er sich umdrehte, blickte er auf einen leeren Sitz.

Wo ist die Tasche?, dachte er und erstarrte.

Im gleichen Moment fiel ihm ein, dass er sämtliches Gepäck zuvor mit in seine Wohnung genommen und auf die Kommode neben der Tür abgestellt hatte.

Er musste sofort zurück. Er drehte die Zündung, das Auto sprang an. Als er gerade wieder losfahren wollte, bemerkte er die Tanknadel. Sie zeigte an, dass der Sprit leer war. Wie konnte das sein? Auf der Fahrt hierher hatte die Tankanzeige nicht geleuchtet.

Dave hörte, wie der Motor drohte auszugehen. Der Tank war leer. Er überlegte, was er tun sollte. Ihm fielen die Kanister ein. Wieder drehte er sich um. Nacheinander packte er die Kanister und hob sie an. Alle drei Kanister waren sehr leicht. Dave schüttelte sie und bemerkte, dass die Kanister leer waren. Dann fiel ihm ein, dass nur einer der Kanister befüllt war und er diesen vollständig für die Feuerbestattung von Rob verwendet hatte.

„Verdammt!“, fluchte er und ließ auch den letzten Kanister in den Fußraum fallen.

Dann stieg er aus dem Wagen und ging zum Kofferraum, in der Hoffnung, hier einen gefüllten Kanister zu finden, den er zuvor nicht wahrgenommen hatte. Doch im Kofferraum war kein Kanister. Verärgert griff Dave nach seinem Bike und zog es aus dem Innenraum. Dann schloss er das Auto ab und verließ die Garage. Nachdem er das Tor geschlossen hatte, schaltete er die kleine Fahrradleuchte an.

Wenigstens die geht noch, dachte er und freute sich förmlich über diese Kleinigkeit.

Das Licht war mittelmäßig. Wenn er schnell fuhr, würde er mit der Reichweite des Strahls Hindernisse erst sehr spät erkennen, aber er musste nehmen, was er hatte. Er schwang sich auf den Sitz und kontrollierte ein letztes Mal das Garagentor. Es war zu. Dann befestigte er Miriams Glücksbringer am Lenker, ehe er in die Pedale trat.

Er fuhr zunächst langsam, damit die Kette nicht direkt beim ersten Tritt heraussprang. Das Fahrrad setzte sich in Bewegung und rollte die leicht abschüssige Auffahrt hinab, bis er nach etwa drei Metern über den Bordstein die Straße erreichte. Dave schaltete und trat wieder vorsichtig in die Pedale. Die Kette sprang um und er konnte stärker treten. Er blickte zurück. Die Garagen waren schon nicht mehr zu sehen. Tritt für Tritt kam er voran. Er bog ab und gelangte auf eine Landstraße, die tagsüber stark frequentiert war. *In der Nacht dürfte sich der Verkehr im Rahmen halten*, dachte er sich. Er kannte die Strecken in der Umgebung gut und war selbst schon einige Male auch zu Nachtzeiten hier unterwegs gewesen. Nur selten hatte er dabei andere Autos gesehen.

Die Landstraße machte eine langgezogene Kurve. Dave trat

stärker in die Pedale, um etwas Tempo aufzunehmen, da es hinter der Kurve zu einem kleinen Anstieg kam, ehe es wieder bergab führte.

Er genoss die Fahrt durch die friedliche Nachtruhe. In der Ferne ertönten in regelmäßigen Abständen immer wieder die Rufe eines Uhus. Ansonsten war nur noch das Rauschen des Windes in den Blättern und Ästen der Bäume zu hören. Zumindest hoffte Dave, dass es der Wind war und nicht gleich ein Wildschwein auf die Straße springen würde. Oder schlimmer, eine ganze Wildschweinrotte. Schließlich war es ja Frühjahr und erst vor etwas mehr als einem Tag, hatte er eine Begegnung, die seine Befürchtungen nur untermauerten.

Er beschloss, konzentriert auf die Straße und den Straßenrand zu achten. Stück für Stück rollte er durch die Nacht. Die Kurve endete. Dave trat nochmals kräftig in die Pedale, um für den unmittelbar beginnenden Anstieg Schwung mitzunehmen. Es waren etwa hundert bis hundertfünfzig Meter. Die ersten schaffte er ohne Probleme. Von seinem Ehrgeiz getrieben, wollte Dave nicht herunterschalten, sondern die Strecke in hohem Gang fahren. Als er die ersten fünfzig Meter zurückgelegt hatte, bemerkte er, dass er um das Schalten nicht herumkommen würde. Mit etwas Frust betätigte er den Hebel und ein niedrigerer Gang sprang rein.

Schon besser!, dachte Dave.

Mit neuer Motivation trat er wieder in die Pedale. Er hörte, wie bei jedem Tritt, den er tat, die Kette leicht an einem Teil vorbeistreifte. Er nahm sich vor, sie bei der nächsten Gelegenheit richtig einzustellen, nein, er würde direkt das ganze Fahrrad prüfen.

Ganz in seine Überlegungen versunken, erklomm er die

letzten Meter der Steigung. Dahinter würde sich eine kurze ebene Strecke anschließen, bevor es dann wieder bergab ging. Tritt für Tritt. Er war so in seinem Rhythmus vertieft, dass er nicht bemerkte, wie sich von hinten ein Fahrzeug näherte. Erst als es fast auf seiner Höhe war, hörte er das Motorengeräusch. Dave wollte ganz rechts an den Fahrbahnrand fahren, als der Wagen ihn schon überholte. Der Außenspiegel streifte seinen Lenker. Ohne abzubremsen, fuhr das Auto weiter. Die Beleuchtung war ausgeschaltet.

„Ey, pass doch auf!“, schrie Dave.

Durch die Berührung war er ins Wanken gekommen. Er schaffte es gerade noch, das Fahrrad wieder auf die Spur zu bringen und nicht die Böschung hinunterzufallen. Als er das Ende der Steigung erreichte, sah er, dass das Auto am Fahrbahnrand angehalten hatte.

Erst jetzt war die Beleuchtung wieder eingeschaltet worden. Die roten Rücklichter erhellten die Umgebung. Je näher er kam, desto eher erkannte er die Umrisse und die Farbe.

„Schwarzes Auto!“, sagte Dave.

Handelte es sich etwa um das Auto von Miriams Ehemann? Die Fahrertür stand bereits offen. Er bremste und stieg ab.

Verdammt, ich brauche den Revolver!, dachte Dave, während das Adrenalin in ihm hochschoss.

Er wendete, um den Berg, dessen Anstieg er gerade hart erkämpft hatte, wieder hinunterzufahren. Er hatte das Fahrrad gerade quer auf der Fahrbahn stehen und wollte sich wieder draufsetzen, als ihn der Strahl einer Taschenlampe traf.

Dave wurde geblendet.

Im nächsten Moment hörte er eine männliche Stimme: „Hey, junger Mann, ist bei Ihnen alles in Ordnung?“

Dave war unsicher, was er tun sollte. Er wusste nicht, wer sich hinter der Lichtquelle verbarg und ob nicht vielleicht schon eine Waffe auf ihn gerichtet wurde.

Während er noch am Überlegen war, was er tun oder sagen sollte, sprach der Mann weiter: „Ich glaube, ich habe Sie eben mit meinem Auto berührt. Ich will nur wissen, ob es Ihnen gut geht."

Dave blickte direkt in den Lichtstrahl und kniff die Augen zusammen. Dann hob er eine Hand, um sie schützend vor sein Gesicht zu halten.

„Ja, mir geht es gut, ich konnte einen Sturz zum Glück verhindern", sagte er.

„Na Gott sei Dank", sagte der Mann erleichtert. „Und wie sieht es mit Ihrem Fahrrad aus? Ist alles heile geblieben?", fragte er dann.

„Hier ist es dunkel, ich kann es nicht erkennen, aber es wird schon alles in Ordnung sein", antwortete Dave.

Langsam setzte sich der Lichtstrahl in Bewegung und kam auf ihn zu.

„Ich habe doch hier eine Taschenlampe, dann schauen wir mal", sagte der Mann.

„Ist schon gut", sagte Dave und wollte sich auf sein Fahrrad schwingen, um wieder loszufahren.

Der Lichtstrahl der Taschenlampe wanderte von ihm zum Fahrradlenker.

„Warten Sie noch, wir schauen es uns genauer an", sagte der Mann.

Daves Anspannung stieg. Er formte seine Hand zur Faust, versteckte sie aber hinter seinem Körper, bereit, sie mit voller Kraft gegen den Fremden einzusetzen.

Der Mann stand nun neben ihm. Der Lichtstrahl war auf den Lenker mit dem Glücksbringer gerichtet, sodass Dave ihn endlich erkennen konnte. Er war etwas kleiner als er, hatte schwarzes Haar und einen Vollbart. Sein Gesicht strahlte Freundlichkeit und Barmherzigkeit aus. Er trug eine dunkelblaue Jeanshose und ein einfarbiges T-Shirt. Von dem gesamten Erscheinungsbild schätze Dave ihn auf Ende sechzig.

„An Ihrem Fahrrad scheint nichts dran zu sein. Und Ihnen ist auch wirklich nichts passiert?“, fragte der Unbekannte.

„Mir geht es gut. Danke der Nachfrage“, teilte Dave kurz und freundlich mit.

Der Mann musterte den Glücksbringer.

„Scheint, als hätte Ihr Glücksbringer Sie gerettet“, sagte er schließlich, ehe er ausholte, um noch etwas zu ergänzen. „Ich habe Sie eben erst gesehen, als mein Außenspiegel gegen Ihren Fahrradlenker gekommen ist. Ihre Beleuchtung sollten Sie unbedingt mal erneuern, wenn Sie häufiger zu dieser Uhrzeit auf den Straßen unterwegs sind.“

„Nun, für gewöhnlich bin ich um diese Uhrzeit nicht mehr mit dem Fahrrad unterwegs, aber ich musste noch etwas erledigen“, antwortete Dave. „Aber wenn wir schon von Beleuchtung reden: Warum fahren Sie nachts ohne Licht über die Straßen?“, ergänzte er seine Aussage.

„Das stimmt. Weißt du, mein Junge, ich kann nachts oft nicht schlafen und setze mich dann ins Auto, um ein paar Meter zu fahren und meine Gedanken zum Schweigen zu bringen. Ich bin eben erst aus der Stadt rausgefahren. Innerorts ist die Straßenbeleuchtung so hell, dass es mir gar nicht aufgefallen ist, dass ich das Licht nicht eingeschaltet hatte. Und als ich aus dem Ort rausfuhr, habe ich fasziniert auf den klaren Himmel und den Mond geschaut. Ich war wohl so in Gedanken und in die Schönheit der Natur vertieft, dass ich es vergessen habe", beantwortete er Daves Frage. Es folgte ein kurzes Schweigen. „Und was macht ein junger Kerl wie du um diese Uhrzeit hier draußen?"

„Nun, ich ... ich musste noch etwas wegbringen", sagte Dave.

„Etwa ein Auto?", fragte der Mann.

Dave verzog das Gesicht.

„Ich wohne gegenüber von den Garagen."

„Verstehe", sagte Dave.

„Ist das dein Auto?", fragte der Alte.

„Nicht direkt."

„Junge, liest du manchmal Zeitung?"

„Worauf wollen Sie hinaus?"

„In der aktuellen Zeitung stand ein Artikel über einen Raub auf eine Tankstelle unweit von hier. Bei der Tat wurde ein Mann erschossen und die Täter flüchteten in seinem Auto vom Tatort. Bei dem Fahrzeug sollte es sich dem Modell und der Farbe nach um ein solches handeln, welches du eben in der Garage geparkt hast", entgegnete der Mann.

Dave konnte nicht glauben, was er da gerade gehört hatte.

Der Alte musterte ihn, dann sagte er: „Ich denke, du weißt, wovon ich spreche."

Ihm fehlten die Worte. War er überführt, sollte alles jetzt enden? Nachdem er die letzten Tage durch die Hölle gegangen und kurz davor war, vielleicht wieder in geregeltere Bahnen zu kommen? Wurde er wirklich nachts auf der Straße von einem Alten überführt oder sollte er ... nein, das könnte er nicht. Er wollte niemanden verletzen oder gar töten.

„Und was wollen Sie jetzt?", fragte er. Es schien ihm die

einzig sinnvolle Frage.

„Mein Junge, glaubst du an eine zweite Chance? Glaubst du, dass Menschen in ihrem Leben Scheiße bauen und dennoch verdienen, sich ein zweites Mal zu beweisen und es besser zu machen?“, frage der Alte. Dann blickte er nach oben in den Himmel, ehe er seinen Kopf wieder senkte und Dave anschaute. „Ich für meinen Teil denke, dass jeder eine zweite Chance verdient hat. Und ich weiß, dass jeder mal jung und unerfahren war“, sprach er weiter.

„Und was genau soll das heißen?“, fragte Dave.

„Erzähl mir die Geschichte, erzähl mir deine Geschichte. Erzähl mir, was passiert ist!“, sagte der Alte.

„Und dann rufen Sie die Polizei und ich kann die nächsten Jahre in einem Apartment mit Gitterfenstern verbringen“, sagte Dave, sichtlich unbegeistert von dem Vorschlag.

„Nun, mein Junge, ich bin auch kein unbeschriebenes Blatt. Ich habe viel Zeit meines Lebens in einer Zelle verbracht. Viele einsame Stunden, Tage, Wochen, Monate und Jahre. Es ist eine Art Folter auf dem höchsten Niveau, ohne, dass das Opfer dabei stirbt, wenn nicht ein anderer durchdreht und dich mitnimmt in die ewigen Abgründe. Tagein, tagaus zermürbt es deine Seele. So ein Schicksal wünsche ich nur wenigen Menschen. Erzähl mir deine Geschichte, dann erzähle ich dir meine. Klingt das für dich nicht nach einem fairen Deal?“, fragte der Mann.

„Was, wenn nicht? Was, wenn ich jetzt einfach weiterfahren möchte?“

„Dann lasse ich dich fahren. Aber ich werde die Polizei informieren. Ich werde denen erzählen, was ich beobachtet habe. Ich werde sagen, dass ich einen jungen Mann mit deinem Aussehen gesehen habe, der dort ein Auto geparkt hat. Sie werden von mir hören, dass das Auto vom Typ und Modell ein solches war, welches gestern Abend bei dem Raub verwendet wurde. Ein Raub, bei dem ein Mensch gestorben ist", antwortete der Alte.

Dave sah sich in einer Sackgasse. Er hatte zwar zwei Möglichkeiten, aber beide schienen ihm nicht zielführend, und irgendwas in seinem Inneren sagte ihm, dass er dem Alten vertrauen konnte und er noch eine Rolle in dieser Geschichte einnehmen würde.

„Eine Frage habe ich noch: Warum machen Sie das? Warum rufen Sie nicht direkt die Cops und überlassen mich meinem Schicksal?", fragte er und war sehr gespannt auf die Antwort des Alten.

„Eine weise Frage. Nun, ich denke, die Antwort liegt in der angeborenen Neugierde des Menschen. Wie wären wir sonst in diese Situation gekommen, in der wir uns jetzt befinden? Wenn ich nicht neugierig gewesen wäre und geschaut hätte, wer um diese Uhrzeit ein Auto in einer Garage parkt und dann mit dem Fahrrad losfährt, wäre ich nicht hier gelandet."

„Das soll alles sein? Sie begeben sich in größte Gefahr, nur aus Neugierde? Ich meine, Sie stehen hier mit mir, nachts, auf einer Straße abseits von der Stadt. Sie haben es selbst gesagt, ich könnte ein potenzieller Räuber oder sogar Mörder sein, der sich auf der Flucht befindet und in die Enge getrieben wird. Denken Sie nicht, dass es gefährlich für Sie ist?", fragte Dave mit einer gewissen Enttäuschung in seiner Stimme über die Antwort des Alten.

Zwischen den beiden herrschte kurzes Schweigen. Dave schaute den Mann erwartungsvoll an. Jetzt musste er ihm eine Antwort liefern, die ihn umhauen und seine Leichtfertigkeit erklären würde. Sekunden verstrichen. Der Alte schloss seine Augen und nahm mehrere tiefe Atemzüge.

Dave merkte, wie er unruhig und ungeduldig wurde. Der Fremde hingegen schien äußerst entspannt zu sein.

„Na los. Geben Sie mir eine Antwort!“, rief Dave. Als er den Satz beendet hatte, biss er die Zähne zusammen und starrte ihn an. Seine Mimik spiegelte eine Mischung aus Wut, Angst und Neugierde wider.

Der Alte atmete lang aus und öffnete die Augen.

„Wenn es wirklich so gefährlich wäre, meinst du nicht auch, dass es dann schon längst geschehen wäre? In all den Jahren, die ich schon hier auf der Erde bin, durfte ich viele Menschen kennenlernen. Viele Jahre war ich weggesperrt, glaubst du nicht, dass, wenn jeder Tag dein letzter sein könnte, du ein gewisses Gefühl für die Menschen bekommst, die dich umgeben? Und ich sage dir eins: Ich habe mit Mördern gesessen, und keiner davon hat mich mit ‚Sie‘ angesprochen, obwohl ich teilweise deutlich älter war, ähnlich wie zwischen dir und mir. Ich denke, ich würde einen Mörder erkennen, wenn er vor mir stünde, und mein Gefühl sagt mir, dass hier kein Mörder vor mir steht.“ Daves Mund und Augen waren weit geöffnet. Der Alte nahm wieder einen tiefen Atemzug und schaute friedvoll in den Himmel. „Außerdem befinde ich mich in meinem letzten Lebensabschnitt, jetzt geht es nur noch bergab. Glaubst du wirklich, der Tod würde mich noch ängstigen?“

Dave überlegte. „Vermutlich nicht, nein“, sagte er und schloss seinen Mund. Auch sein Blick war wieder normal. Der Alte sah noch immer in den Himmel. Dave machte es ihm nach und blickte ebenfalls nach oben.

„Wonach suchen wir?“, fragte er.

„Ich suche nur noch nach einer Sache. Komm, wir fahren zu mir und ich mache uns einen Tee. Dann erzählst du mir alles."

„Ich weiß nicht ...", sagte Dave.

„Hast du etwa immer noch bedenken?", fragte der Alte.

Daves Mimik sprach für sich.

„Gut, ich werde jetzt wieder runterfahren. Solltest du vorbeikommen, stell dein Fahrrad hinter dem Haus ab. Hausnummer fünfundvierzig. Ach, bevor ich es vergesse, mein Name ist William", sagte der Alte, während er sich bereits umdrehte und zu seinem Auto ging.

Dave blieb noch einige Sekunden stehen. Er beobachtete, wie William in seinen Wagen stieg und in einem Zug wendete. Dann fuhr er langsam an ihm vorbeifuhr und sah ihn dabei direkt an.

Dave stieg auf und lenkte sein Fahrrad zurück in Richtung Rakstein.

Verdammt, was machst du da, Junge?, dachte er.

Sein Fahrrad rollte langsam den Berg hinunter, zurück in Richtung der Garagen. Er bog wieder in die Straße ein. Als er fast dort war, konnte er sehen, wie der Alte bereits vor seinem Haus geparkt hatte und nun zu Fuß den Weg zum Gartentor beschritt.

Dave fuhr bis vor das Haus und blieb dann stehen.

KAPITEL 16
DU BIST NICHT ALLEIN

William wohnte in einem mächtigen und wunderschönen Altbau. Die Fenster hatten einen Durchmesser von um die zwei Meter und Rundungen an der Oberkante. Das alte Backsteingemäuer erzählte die Geschichte von vielen Jahrzehnten. Das Haus stand frei. Links und rechts waren einige Meter Abstand zu den Nachbargebäuden. Es war vermutlich eines der ersten Häuser gewesen, die hier erbaut worden waren.

Dave stieg von seinem Fahrrad und schob es links neben dem Haus vorbei. Vom Gartenweg aus konnte er erkennen, dass im Inneren Licht brannte. Das Erdgeschoss lag etwas erhöht, sodass man nicht hineinsehen konnte. Hinter dem Haus angekommen war, parkte er das Fahrrad, wie William es ihm beschrieben hatte. Er ging wieder einige Meter zurück, um zur Haustür an der linken Gebäudeseite zu gelangen. Langsam stieg er die Stufen empor. Die Treppe war von einer massiven Mauer umgeben, die als Geländer diente. Auf der obersten Stufe angekommen, bemerkte er einen riesigen steinernen Löwen, der erhaben auf dem Mauersims thronte und seinen Kopf in die Höhe reckte, als würde er den Eingang bewachen. Dave ging weiter, bis er an einer riesigen Doppeltür aus Eichenholz ankam. Eine Klingel gab es nicht. Er benutzte den goldenen Löwenkopf, der als Türklopfer diente.

Genau dreimal schlug er gegen das Eingangsportal. Einige Momente vergingen, bis er hörte, wie das Schloss aufging, und sich die Tür öffnete.

„Ich wusste, dass du kommen würdest. Ich habe schon Tee aufgesetzt. Aber komm doch bitte erstmal rein“, sagte William.

Dave trat ein. Einige Meter vor ihm tat sich eine Holztreppe auf, die linksherum an der Mauer kurvenförmig nach oben führte. Er ging ein paar Schritte in die Eingangshalle und blieb stehen. Erstaunt blickte er auf die Wände und Decken und den alt eingerichteten Stil. Die Holzverkleidungen, die alten Gemälde und Banner glichen der Aufmachung einer Burg aus dem Mittelalter. Es fehlte lediglich eine alte Ritterrüstung, die direkt am Aufgang zu Treppe positioniert war.

William war bereits ins Wohnzimmer gegangen, das sich rechts von Dave erschloss.

Als der Alte wieder zur Schwelle zwischen Wohnzimmer und Eingangshalle zurückkehrte, brachte Dave nicht mehr als ein „Wow“ über die Lippen.

Mit gütigem Lächeln schaute William ihn an.

„Ja, ich weiß, ich bin auch immer wieder ergriffen von der Schönheit des Hauses“, sagte er, während er mit zwei Tassen Tee auf ihn zukam. „Hier, ich habe dir einen Pfefferminztee gemacht. Ich weiß nicht, ob es dein Geschmack ist, aber mit einem Klassiker kann man in der Regel nicht viel falsch machen."

Dave nahm die Tasse und nickte zustimmend.

„Lass uns ins Wohnzimmer gehen", schlug William vor.

Wieder nickte Dave und folgte ihm.

Das Wohnzimmer setzte das Ambiente aus dem Eingang fort. Wieder fielen ihm die Wände, Decken und Holzverkleidungen auf.

„William, ich muss schon sagen, Sie haben wirklich einen tollen Geschmack", sagte er und ließ seinen Blick durch das große Wohnzimmer schweifen, auf der Suche nach ihm. Er erblickte einen großen Sessel neben einem Wandbücherregal, in dem William sich niedergelassen hatte.

Neben ihm standen ein kleiner Tisch und eine Stehlampe. Links davon ein weiterer Sessel. William hielt seine Teetasse in der Hand und war gerade dabei, einen Schluck zu nehmen. Dave ging hinüber zu dem noch leeren zweiten Sitzmöbel und setzte sich. Ein Gefühl der Geborgenheit machte sich in ihm breit, als er leicht in dem weichen Stoff des Sessels einsank und seine Arme auf den Lehnen ablegte.

William hatte einen Schluck getrunken und hielt die Tasse nun vor seiner Brust. Er blickte zu Dave hinüber und strahlte eine friedvolle Aura aus.

„Nun weißt du um mein Haus und meinen Namen. Willst du nicht etwas von dir preisgeben?", begann William und holte ihn damit aus seinem Staunen wieder zurück in die Gegenwart.

„Ähm, aber natürlich. Mein Name ist Dave", sagte er und beugte sich aus dem Sessel ein Stück nach vorn, um die Tasse zu erreichen. Er hob sie an und nahm einen Schluck.

„Nun, Dave, erzähl mir, was an dem Abend in der Tankstelle

passiert ist“, sagte William.

Dave stellte die Tasse ab, lehnte sich zurück und senkte den Blick. Er nahm ein paar tiefe Atemzüge, eher er wieder aufblickte und zu William hinübersah.

„Es ist so ziemlich alles schiefgegangen, was hätte schiefgehen können“, sagte er schließlich und blickte auf den Parkettboden.

„Erzähl es mir. Du brauchst jemanden, dem du vertrauen und mit dem du darüber reden kannst“, sagte William.

In Daves Augen sammelten sich Tränen. Langsam hob er den Kopf und sah dem Alten direkt ins Gesicht.

„Sie wollen also die ganze verdammte Geschichte hören?“, fragte er und klang dabei traurig und wütend zugleich.

William hob seinen Körper leicht an und beugte sich aus dem tiefen Sessel ein Stück nach vorn. Dabei stützte er sich auf den Armlehnen ab. Seinen Oberkörper hielt er gerade, bis er nur noch wenige Zentimeter von Dave entfernt war. Er blickte ihn an und sprach mit leiser und ernster Stimme: „Ja, Dave, ich will die ganze verdammte Geschichte hören.“

Nachdem er den Worten Raum gegeben hatte, verblieb er noch einen kurzen Moment nach vorn gebeugt, eher er sich langsam wieder zurücklehnte. Er griff nach seinem Tee und nahm einen weiteren Schluck.

Dave war beeindruckt von der Ruhe, die der Alte ausstrahlte. Ihm kam es so vor, als würde er ihn schon lange kennen. Dabei hatte er ihn noch nie zuvor gesehen. Er schluckte, dann schloss er die Augen und nahm ein paar Atemzüge, ehe er sie wieder öffnete.

Er fing an, William von dem Überfall zu erzählen. Er berichtete, dass sie zu dritt gewesen waren und sich schon einige Zeit vor dem Raub getroffen hatten, um alles zu planen. Er erzählte ihm von Rob und Eddy und dem Sicherheitsbeamten. Er gestand ihm, dass Rob angeschossen und der Sicherheits-Typ von Rob erschossen worden war. Er erzählte von der Kundin in der Tankstelle und von dem Angestellten. Keiner hatte gewusst, wer er und Rob waren, da sie eine Maske getragen und die Kameras vermutlich nicht funktioniert hatten. Er erzählte, wie er Rob zum Auto hatte bringen wollen und Eddy abgehauen war. Wie sie dann das Auto von dem Toten nahmen und dass dieses jetzt in der Garage gegenüberstehen würde. Dann schilderte er die letzten Momente von Rob und dass er wie ein Bruder für ihn gewesen war. Ein Bruder, den er nie gehabt hatte und der im Auto neben ihm mitten im Wald gestorben war.

Nachdem Dave mit seinem Bericht fertig war, hielt er kurz inne. Er überlegte, ob er dem Alten auch von der Hütte, Malaika und Miriam erzählen sollte. Er senkte wieder seinen Blick und musterte das Parkett. Seine Augen machten kurze, schnelle Bewegungen und folgten dem Muster.

Der Alte stöhnte kurz, während er ausatmete und sich tiefer in den Sessel lehnte.

„Danke, Dave, für deine Offenheit bis hierhin“, sagte er.

Dave nickte kurz und hielt seinen Kopf dabei weiterhin gesenkt.

„Ich danke dir dafür, aber du wolltest mir die ganze Geschichte erzählen“, sagte William.

Langsam hob Dave den Kopf und blickte zu ihm hinüber.

„Mehr gibt es nicht zu erzählen“, sagte er.

William grummelte leise.

„Dave, ich sehe es den Menschen an, wenn sie mir nicht die ganze Wahrheit erzählen“, sagte er.

„Das ist die ganze Wahrheit“, sagte Dave.

„Dave. In fast jeder Geschichte kommt auch irgendwo immer ein Mädchen oder eine Frau vor. In deiner Geschichte nicht. Irgendetwas verrät mir, dass du mir noch nicht alles gesagt hast.“

Dave blickte ihn fassungslos an. Was?, erwiderte er mit fragendem Blick.

„Na, dann lass es mich so sagen: Warum fährst du mitten in der Nacht mit einem Fahrrad durch die Gegend und hast auf dem Lenker einen Teddybär in einem rosa T-Shirt mit einem M. darauf? Willst du mir sagen, dass es dein Werk ist? Wofür steht das M.?“, fragte William.

Dave suchte nach einer Antwort, konnte aber keine finden. Er hatte William schon so viel erzählt. Offensichtlich würde er ihm nicht schaden. Warum sollte er nichts von Miriam und Malaika erzählen?

Dave seufzte kurz.

„Eins muss ich Ihnen lassen. Sie haben eine außergewöhnliche Menschenkenntnis und Beobachtungsgabe. So etwas habe ich selten erlebt“, sagte er.

Dann erzählte er von Malaika und Miriam, und dass der Bär von ihr sei.

„Das wusste ich schon“, sagte William.

Dave blickte ihn fragend an. „Wie, das wussten Sie schon?“

„Na, weil in fast jeder Geschichte immer eine Frau vorkommt, Dave“, erwiderte der Alte mit einem Lächeln und freute sich über den Erfolg, doch noch die ganze Geschichte erfahren zu haben. Er nahm den letzten Schluck Tee aus seiner Tasse und stellte sie anschließend auf den Tisch.

„Was ist mit deinem Tee?“, fragte er.

Dave schaute in seine Tasse. Sie war noch fast voll. Er setzte an und trank sie in einem Zug leer. Danach wischte er sich mit der Hand den Mund ab und stellte die leere Tasse auf den Tisch.

„Danke für den Tee und das Gespräch. Es ist schon spät. Ich sollte zurück“, sagte er und stützte sich auf die Lehne, um aus dem Sessel aufzustehen.

Er blickte durch den Raum und suchte vergeblich nach einer Uhr.

„William. Warum ist hier keine Uhr?“, fragte er.

„Eine Uhr willst du? Wofür? Sieh aus dem Fenster und du weißt, welche Tageszeit wir haben. Es ist mitten in der Nacht“, sagte William.

Dave schaute etwas verwirrt und brachte nur ein kurzes und irritiertes „Danke“ über die Lippen.

„Ich werde dann mal wieder fahren. Danke für Ihre Hilfe“, sagte er dann.

William nickte ihm zu. Dave drehte sich um und ging in Richtung Tür. Als er gerade an der Schwelle zwischen Wohnzimmer und Eingangshalle angekommen war, hörte er den Alten sprechen.

„Wie soll es jetzt weitergehen, Dave?“

Er drehte seinen Kopf über die linke Schulter und sah in dessen Richtung.

„Ich weiß es nicht“, sagte er und wollte einen Schritt weitergehen.

„Denk daran, du bist nicht allein“, hörte er ihn sagen.

Dave blickte für einen weiteren Moment über seine Schulter, bis er schließlich seine Schritte fortsetzte und zur Haustür ging.

Er öffnete die schwere Flügeltür, durchschritt sie und schloss sie hinter sich.

Im ganzen Haus war zu hören, wie die Tür ins Schloss fiel. William saß noch immer in seinem Sessel und grübelte.

„Verdammter Sturkopf!“, nuschelte er. Dann stand er auf und schaltete das Licht aus.

Dave hatte bereits sein Fahrrad geholt und ging am Haus entlang zur Straße. Er stieg auf den Sattel und stieß sich ab. Wieder fuhr er aus der Ortschaft heraus, erreichte die langgezogene Kurve, schaffte den Anstieg, bis er auf die Ebene gelangte, und ließ sich dann nur noch bergab rollen, bis er an seiner Wohnung ankam. Vollkommen erschöpft stellte er das Fahrrad vor dem Haus ab und ging hinauf. Vor seiner Wohnungstür angekommen, erkannte er, dass im Inneren Licht brannte. Er schloss die Tür auf und ging leise ins Wohnzimmer. Jana lag noch immer auf der Decke. Sie hob kurz den Kopf, als Dave den Raum betrat, ehe sie ihn wieder sinken ließ, um weiterzuschlafen. Die Balkontür war auf Kipp. Auf dem Wohnzimmertisch und der Kommode standen jeweils zwei große, brennende Kerzen, die den Raum mit einem warmen Licht erhellten. Dave sah zur Couch.

In einer Decke eingewickelt lag Miriam und schlief. Neben ihr Malaika.

Er lächelte und betrachtete die Situation für einen Moment. Sein Herz pochte. Voller Dankbarkeit schritt er leise zum Sofa und setzte sich auf die Lehne. Er fuhr Miriam vorsichtig durchs Haar und schob einige Strähnen hinter ihr Ohr. Anschließend gab er ihr einen sanften Kuss auf die Stirn.

Er blieb sitzen und beobachtete sie und Malaika, wie sie

friedlich schliefen. Dave hörte ihre leisen Atemzüge und war erfreut, dass beide trotz der Ereignisse schlafen konnten.

Dann stand er auf und verschwand im Badezimmer. Nach etwa einer Viertelstunde kam er zurück und schaute noch einmal nach seinen Damen. Unverändert lagen sie dort. Dave ging in sein Schlafzimmer und legte sich ins Bett. Er blickte auf den Wecker. 2:00 Uhr. Für heute war genug geschehen. Er wollte sich nur noch ausruhen und Kraft tanken, ehe der nächste Tag beginnen würde. Er lag noch einige Minuten wach, bevor ihn der Schlaf übermannte und er bis zum nächsten Morgen nicht mehr aufwachte.

KAPITEL 17
AUF DER SPUR

Am nächsten Morgen wurde Dave von Geräuschen aus der Küche geweckt. Er hörte das Plätschern von Wasser im Spülbecken und das Geräusch von heißem Öl in der Pfanne. Sekunden später drang der Duft von angebratenem Fleisch und Zwiebeln in seine Nase. Langsam öffnete er die Augen, um zu prüfen, ob er nur träumte oder ob wirklich jemand in seiner Küche Frühstück zubereitete.

Von dem Duft angetrieben, setzte Dave sich auf. Er stellte seine Füße auf den Boden und blieb auf der Bettkante sitzen. Seine Arme hatte er hinter dem Körper aufgestellt. Er brauchte noch einen kurzen Augenblick, um wach zu werden. Dann stand er langsam auf und ging zu seiner Schlafzimmertür. Sie war leicht angelehnt. Er öffnete sie und die Sonnenstrahlen, die bereits das ganze Wohnzimmer fluteten und sich ihren Weg bis zu seiner Schlafzimmertür gebahnt hatten, trafen sein Gesicht.

Mit zusammengekniffenen Augen ging er Schritt für Schritt zum Wohnzimmer. Er machte einen Schlenker. Jana lag immer noch, oder wieder, auf der Decke. Sie stand auf und lief zu ihm. Er kniete sich hin und begrüßte die Hündin herzlich mit einer Streicheleinheit.

„Na, meine Große, hast du gut geschlafen oder haben dich die anderen nicht schlafen lassen?“, fragte er.

„Ich denke, sie hatte einen erholsamen Schlaf“, ertönte eine Stimme vor ihm.

Er schaute hoch und sah Miriam in der Türschwelle zur Küche stehen. In ihrem linken Arm hielt sie Malaika und in der rechten Hand einen Teller mit mindestens einem halben Dutzend frisch gebratener Pfannkuchen.

„Wow!“, sagte Dave. „Dieses Mutter- und Hausfrauending scheint dir wirklich zu liegen“, sagte er, ohne groß über seine Worte nachzudenken.

„Ich denke, die Mutterinstinkte sind schon in den Genen verankert. Was das Hausfrauending angeht, nun, das hat sich erst über die Jahre entwickelt“, antwortete sie mit spöttischer Stimme und lächelte ihm zu.

Dave blickte verschlafen und verdutzt auf Miriam und die Pfannkuchen.

„Dein Blick verrät mir, dass du gerne ein paar Pfannkuchen essen möchtest“, sagte sie und ging dabei auf den Esstisch zu, um den Teller dort abzustellen. Nachdem sie den Teller abgestellt hatte, drehte sie sich auf der Stelle, um wieder in die Küche zu gehen und noch den Rest des Frühstücks zu holen.

Dave rappelte sich auf und setzte sich auf einen Stuhl. Gemeinsam saßen die drei am Tisch und machten sich an die

Arbeit, die leckeren Speise zu verzehren. Nach und nach wurde der Teller leerer, bis am Ende nur noch ein halber Pfannkuchen übrigblieb.

„Was ist mit Malaika?", fragte Dave.

„Sie ist schon gefüttert und frisch gemacht", antworte Miriam.

Malaika hatte einen Schnuller im Mund und lächelte Dave an. Er hob seine Hand und winkte vor ihr mit seinen Fingern. Das Mädchen fing an zu lachen und griff nach einem seiner Finger. Liebevoll und spielerisch zog es daran und lachte weiter.

Dave wurde ganz warm ums Herz. All die Sorgen, all der Kummer, all das Erlebte schienen für den Augenblick vergessen. So lange, bis ihm einfiel, was er gestern Abend noch erlebt hatte.

Ein Schock zog sich über sein Gesicht. Er hatte den Mund noch halb voll und gab ein leises fast unverständliches „William" von sich.

Miriam schaute ihn fragend an.

„Was hast du gesagt?"

Er kaute zu Ende. Nachdem er runtergeschluckt hatte, sagte er: „Ach, gar nichts, ich habe nur zu hastig gegessen und mich dabei verschluckt."

Liebevoll blickte sie ihn an.

„Wenn du noch Hunger hast, kann ich dir noch welche machen", sagte sie und musste dabei etwas lachen.

„Nein, schon gut, dass sollte fürs Erste reichen", sagte er und erwiderte ihr Lachen.

Nachdem sie mit dem Frühstück fertig waren, begaben sich beide in die Küche. Miriam begann, die Pfanne und das

Geschirr zu spülen, während Dave darauf wartete, die Sachen anschließend mit dem Handtuch abzutrocknen.

Als die Küche wieder aufgeräumt war, begab sich Dave ins Wohnzimmer. Er setzte sich auf seinen Sessel und schaute aus dem Fenster. Es war schon immer sein Lieblingsplatz gewesen. Vor allem, wenn er grübeln musste. Der Sessel erinnerte ihn an das Wohnzimmer und die Sitzmöbel von William. Auch seiner war groß, bequem und hatte hohe Lehnen. Dave ließ seinen Körper mit jedem Atemzug ein Stückchen tiefer sinken.

Wer war dieser William, und warum hatte Dave ihn zuvor noch nie gesehen? Auch wenn er einen Großteil der Leute aus Rakstein nicht persönlich kannte, gesehen hatte er die meisten schon einmal. Er überlegte, bis er zu dem Entschluss kam, dass er diejenigen, die er noch nicht gesehen hatte, zumindest vom Hören oder Geschichten kannte. Doch bei William war es anders. Von ihm hatte Dave noch nie gehört.

Wie könnte er mehr über William herausfinden? Dave grübelte und kam zu dem Entschluss, in die Bibliothek zu fahren. Dort würde er recherchieren. Von seiner Idee und Mission getragen, verabschiedete er sich kurz von Miriam und ging zur Tür.

„Wo willst du hin?“, fragte sie ihn.

„Ich habe noch einen Auftrag von größter Wichtigkeit“, antwortete er kurz angebunden und holte den Revolver aus der Tasche, die immer noch auf der Kommode stand.

Ein Revolver in einem Haus mit einem kleinen Kind und einer jungen Frau, keine besonders gute Idee, dachte er. Er nahm die Waffe und leerte das Magazin. Danach packte er sie in den kleinen Rucksack, den er sich auf dem Weg zur Tür geschnappt hatte.

Dave trat ins Treppenhaus und lief die Stufen hinunter, bis er an der Haustür ankam.

Gerade wollte er sie öffnen, da erkannte er durch das Milchglas die Umrisse einer Person. Die Haustür ging auf und der Mieter, der mit seiner Familie in der Wohnung über Dave wohnte, kam herein. Er war ein schlanker, schlicht gekleideter Mann, der überglücklich über sein Neugeborenes war. Dave erinnerte sich noch daran, wie eben dieser Mann vor einigen Monaten durch das Treppenhaus gerannt war und freudestrahlend die Geburt verkündet hatte. Nichts hätte ihm damals die Laune verderben können, und auch heute noch hatte er dieses einzigartige Strahlen im Gesicht. Er überlegte, wie das Kind hieß. Es war ein Junge, doch wie war sein Name?

„Hi, Dave, gut, dass ich dich treffe. Wir drei sind die nächsten Tage nicht da. Könntest du vielleicht den Pflanzen im Flur ein bisschen Wasser geben? Aber nur, wenn es dir keine Umstände macht", sagte er.

„Hi, ja klar. Ich kann auch die Pflanzen in eurer Wohnung gießen", antwortete Dave.

„Danke, aber das brauchst du nicht. Meine Frau hat schon alle Pflanzen gegossen. Alle die jetzt nochmal Wasser bräuchten sind die, die im Treppenhaus stehen", antwortete er.

„Okay", sagte Dave.

„Danke, oh, schon so spät, ich muss los. Wir sehen uns, Dave, und vielen Dank nochmal", sagte er, bevor er mit eiligen Schritten die Treppe emporstieg.

Dave blieb noch einige Sekunden stehen, bis er die Wohnungstür ins Schloss fallen hörte.

„Gern geschehen", sagte er und ging durch die Haustür nach draußen.

Mit einem beherzten Schwung stieg er auf sein Fahrrad, das glücklicherweise immer noch an der Hauswand lehnte und demnach nicht geklaut worden war. Dann fuhr er los zur Bibliothek.

Die Sonne strahlte ihm ins Gesicht. Eine frische Brise wehte ihm entgegen. Ein herrlicher Frühjahrsmorgen. Es waren etwa zwanzig Minuten mit dem Fahrrad. Wenn er eine Abkürzung durch den Wald nehmen würde, könnte er es auch in fünfzehn Minuten schaffen.

Er hatte keinen Zeitdruck, also entschied er sich für den längeren Weg, der auch weniger Steigung beinhaltete. Meter für Meter rollte er der Bibliothek entgegen, bis er nach knapp zwanzig Minuten sein Ziel erreichte. Er stellte sein Fahrrad ab und ging zur Eingangstür.

In der Bibliothek angekommen, bemerkte er ein angenehm herrschendes Klima. Es waren nur wenige Leute da, obwohl die Bücherei heute nur bis zwölf Uhr geöffnet hatte. Leise schritt Dave durch die Gänge. Links und rechts türmten sich einige meterhohe Regale, vollgepackt mit Büchern. Dave sah die ganzen Regale und dachte daran, dass in all diesen Büchern Unmengen an Wissen niedergeschrieben war. Der rustikale Look von massiven Bücherregalen aus Eiche hatte ihn schon früher begeistert. Damals war er häufiger hier gewesen und kannte sich daher gut mit den Gepflogenheiten der Bibliothek aus. Außerdem handelte es sich zusammen mit dem ehemaligen Rathaus um ein wundervolles Gebäudeensemble, der ideale Ort, um all die Schätze unterzubringen. Die Decke war gewölbt und von Malereien aus längst vergangenen Jahrzehnten geprägt. Er ging weiter, bis er den Computerbereich erreichte. Zu seinem Erfreuen war einer der fünf Rechner frei und schon hochgefahren, sodass er direkt mit seiner Recherche beginnen konnte.

Was wusste er von William? Als er so darüber nachdachte, fiel ihm auf, dass das nicht viel war. Er kannte nur seinen Vornamen und seine Adresse. Dave versuchte, sich krampfhaft irgendwelche persönlichen Informationen von gestern Abend ins Gedächtnis zu rufen. *Das Klingelschild*. Er überlegte und konnte sich an den Türklopfer in Form eines Löwen erinnern. Ein Klingelschild? War dort überhaupt eines gewesen? Er grübelte weiter. Nichts. Wie hatte der Alte das gemacht? Er wusste nichts über ihn, William aber fast alles über Dave, zumindest alles, was ihm die letzten Tage zugestoßen war.

Er tippte den Namen „William" ein. Das Rechercheprogramm spuckte eine Vielzahl von Ergebnissen aus. Dave musste seinen Suchfilter einschränken. Er versuchte es mit der Adresse. Hier erschienen weniger Ergebnisse, doch keiner der Suchtreffer brachte Dave bei seiner Recherche wirklich weiter. Als nächstes ergänzte er das Alter. Die Suchergebnisse reduzierten sich etwas, es blieben aber immer noch eine zu große Menge an Treffern übrig.

Mühsam begann er die ersten Ergebnisse durchzusehen, in der Hoffnung irgendeinen Hinweis auf William zu erlangen. Nach zwanzig Minuten hatte er immer noch keinen wirklichen Anhaltspunkt gefunden.

Wieder und wieder ließ er das Gespräch mit dem Alten Revue passieren. Dave starrte auf den Schreibtisch und versuchte, sich zu erinnern. Sein Blick wanderte durch den Raum. Er blickte zum benachbarten Schreibtisch, an dem ein junger Mann mit Kopfhörern saß. Neben ihm stand ein leeres Glas. Doch es war umgedreht. Erst jetzt erkannte er, dass in dem Glas eine Fliege gefangen war. Wie lange die Fliege wohl dort schon ausharrte?

Blitzartig schoss es Dave ins Gedächtnis. *William. Zelle. Weggesperrt. Viele Jahre.*

Er richtete seine Aufmerksamkeit wieder auf den Bildschirm und versuchte es mit einer Vielzahl an Begriffen und Stichwörtern. Die Trefferliste wurde immer kleiner, bis ...

Dave starrte auf den Monitor.

„Mann wegen Mordes an seiner Frau und Tochter verurteilt."

Er war fassungslos. Konnte es wirklich sein, dass William ...? Nein. Oder doch?

Er scrollte runter, um zu sehen, wo die Zeitungsartikel und all die Unterlagen zu diesem Fall in der Bibliothek abgelegt waren. Er notierte es sich auf einem Schmierzettel.

Regal 17, Fach 3.

Er sprang vom Stuhl auf, sodass dieser fast umfiel. Der junge Mann am Computer neben ihm schaute erstaunt auf. Dave schmunzelte und machte eine entschuldigende Geste mit seiner Hand. Dann lief er durch die Gänge.

Regal 13, 14, 15, 16 ... Wo ist die 17?, dachte er.

Er ging um die Ecke. Ein einsames Regal aus Eiche. Noch dunkler und mächtiger als die vorherigen. Einsam stand es an einer Wand. Etwas abgesetzt von all den anderen. Zügig ging er darauf zu.

Fach drei. Da war es. Er zog die Bücher und Zeitungsartikel heraus, dann schlug er einen nach dem anderen auf und blätterte. Nichts. Nächste Zeitung. Auch nichts. Er durchblätterte alle regionalen Zeitungen aus der Zeit. Doch keine berichtete über einen solchen Fall. Konnte das sein?

Er legte auch die letzte Zeitung weg und begann noch einmal mit der ersten. Diesmal schaute er sie genauer an. Er stellte fest, dass eine Seite fehlte. Er griff die nächste Zeitung. Das Gleiche, auch hier fehlte eine Seite. So ging es weiter. Dave merkte, dass in jeder Zeitung und auch in den anderen Dokumenten Seiten fehlten.

„Das kann kein Zufall sein“, sagte Dave.

„Es ist auch kein Zufall“, sagte eine Stimme hinter ihm.

Er riss die Augen auf und drehte sich langsam um.

„William!“

KAPITEL 18
DIE TATEN VON GESTERN

Es war wirklich William, der hinter Dave stand.

„Wie ... was machst du hier?“, fragte er erstaunt.

„Das Gleiche könnte ich wohl auch dich fragen, Dave“, erwiderte der Alte.

„Ich suche nach Antworten auf meine Fragen!“, sagte Dave.

„Und ich habe die Antworten auf deine Fragen. Wieso hätte ich sonst gewusst, dass ich dich hier finden würde?“, fragte William.

Dave schwieg und stimmte ihm durch ein Nicken zu.

„Komm, Dave, wir trinken bei mir einen Tee und ich werde dir die Antworten geben“, schlug der Alte vor.

Dave überlegte einen kurzen Moment.

„Nein, ich will die Antworten jetzt haben!“, sagte er und erhob dabei seine Stimme auf eine Lautstärke, die für eine

Bibliothek unangebracht war.

William schaute sich um. In der Bücherei waren außer ihnen vielleicht noch zwei bis drei weitere Leute.

„Na schön, dann machen wir es eben hier. Aber senke deine Stimme und versuche, nicht durchzudrehen, bei dem, was ich dir gleich erzähle“, sagte er.

„Okay, einverstanden“, sagte Dave.

William deutete auf einen Tisch, an dem zwei Stühle standen. Dave verstand und ging zusammen mit ihm hinüber. Beide setzten sich. William richtete seine Kleidung und blickte dann zu Dave.

„Es war vor einundzwanzig Jahren. Ich war der glücklichste Mann dieser Welt. Warum? Ich hatte eine Tochter. Es lief sehr gut für mich. Ein erfüllender Beruf, eine großartige Familie und eben ein wundervolles kleines Mädchen. Viele Jahre habe ich darauf gewartet, Vater zu werden. Einige Hindernisse hatte es in meinem Leben gegeben, aber wo ein Wille ist, da ist auch ein Weg, immer! Doch eines Tages, änderte sich alles. Ein schöner Frühjahrstag, ähnlich wie die Tage derzeit. Ich war auf dem Weg ins Einkaufszentrum in Tesburg, um die letzten Besorgungen für unseren Ausflug an den See zu machen. Die Taschen waren bereits gepackt und in meinem Auto verstaut. Kurz bevor ich ankam, bemerkte ich, dass ich mein Portemonnaie vergessen hatte. Ich fuhr daher wieder zurück nach Hause. Ich parkte den Wagen unten an der Straße und ging den Fußweg hinauf. Es war ein altes Haus am Waldrand. Ohne direkte Zufahrt für das Auto. Ich schritt den Weg hinauf und bemerkte, dass überall Gegenstände auf dem Weg verteilt lagen. Ich gelangte an die Haustür. Sie war weit geöffnet. Im Inneren sah es aus, als hätte dort ein Sturm gewütet. Überall lagen zerbrochene Vasen, Bücher, Kleidung und vieles mehr auf dem Boden verteilt. Ich rief nach meiner Frau, doch erhielt keine Antwort. Ich rannte ins Wohnzimmer. Alles war verwüstet. Ich stand da und schaute fassungslos durch den Raum. Als ich weitergehen wollte, bemerkte ich, dass meine Schuhe klebten. Mein Blick fiel auf den Boden. Ich stand mitten in etwas Nassem. Ich kniete mich hin und hob einige Gegenstände auf. Sie waren rot verfärbt. Mein Blick wanderte langsam auf meine Hände. Eine rote Flüssigkeit war zu erkennen. Sie waren voller Blut. Erst jetzt bemerkte ich, dass es überall war. Panisch rieb ich meine Hände an meiner Kleidung ab. Doch es ging nicht ab. Alles war voller Blut. Mein schlimmster Albtraum. Ich lief ins Schlafzimmer, dann in das Zimmer meiner Tochter. Es war niemand da. So laut ich konnte, schrie ich nach meiner Familie. Doch es blieb still. Wieder rannte ich ins Wohnzimmer, um die Polizei zu rufen. Doch das Telefon war herausgerissen und lag zertrümmert auf dem Boden. Nacheinander lief ich in alle Zimmer, doch es war niemand da. Mein Kopf war voller Gedanken, ich wusste nicht, was ich tun sollte. Meine Hilferufe blieben ungehört. Obwohl ich so laut, ich konnte, schrie. Doch es kam keiner. Mir fiel ein, dass meine Frau ihr Handy in einer der Taschen im Auto hatte. Also lief ich zurück zur Straße und riss die Tür auf. Ich zog die Taschen heraus und durchsuchte sie. Eine nach der anderen. Alles, was mich nicht weiterbrachte, warf ich hinter mich auf den Boden. Bis ich schließlich in einer der letzten das Handy fand. Ich wollte den Notruf wählen. In diesem Moment wurde ich angesprochen: ‚*Keine Bewegung. Die Hände nach oben und dann langsam hinknien.*‘ Ich hob meinen Kopf und sah zwei Polizisten. Ich sprach sie an und sagte: ‚*Gott sei Dank sind Sie da.*

Meine Frau und meine Tochter sind weg. Überall ist Blut, ich weiß nicht, was passiert ist.‘ Als ich einen Schritt auf die Beamten zuging, brüllten sie mich an und befahlen, dass ich mich sofort mit erhobenen Armen hinknien sollte. ‚*Nein, das ist ein Missverständnis*‘, rief ich, doch die Polizisten richteten ihre 9mm auf mich und brüllten erneut. In Panik hob ich die Hände und kniete mich hin. Dann legte mir einer der beiden die Handschellen um und setzte mich in das Polizeiauto.

Aus dem Auto hörte ich, wie einer der beiden funkte und Verstärkung anforderte. Sie sagten etwas von einem vermutlichen Mord, dass sie den Täter gefasst hätten und er bereits im Auto säße. Ich stand unter Schock, alles wirkte irreal. Ich verstand nicht einmal, dass der Polizist mich ‚Täter‘ nannte. Meine Welt brach zusammen, wo waren meine Frau und meine Tochter? Was war passiert? Ich fiel in eine Art Schockzustand. Ich kann mich nicht mehr erinnern, was dann genau geschah. Das nächste, an das ich mich erinnere, ist die Untersuchung des Blutes an meinen Händen und dass Bilder von mir gemacht wurden. Wieder und wieder fragten mich die Polizisten, was geschehen war. Wieder und wieder erzählte ich ihnen das, was ich dir eben erzählt habe, Dave.

Sie nahmen mich in die Mangel, keiner glaubte, dass ich unschuldig sei. Nach einigen Tagen kam das Ergebnis des Blutes an meinen Händen. Ich hatte die Hoffnung, dass es das Blut eines anderen war, vielleicht das des Angreifers, doch es war das meiner Frau. Danach fiel ich in ein Loch aus Leere und Stille. Ich wusste nicht, was ihnen zugestoßen war und ob sie überhaupt noch am Leben waren. Meine Hoffnung schwand mit jedem Tag. Ich habe alles Wertvolle in kürzester Zeit verloren. Und das Schlimmste: Ich fing an, mich selbst zu verlieren.

Dave, eingesperrt in einem Raum zu sein, unwissend, was passiert ist, das zwingt dich auf die Knie. Stück für Stück fängst du an, deine Glaubenssätze zu hinterfragen und rutschst weiter in der Abwärtsspirale. Und diese Spirale ist lang und hört niemals auf. Immer kann noch irgendwas, und sei es noch so klein, dazukommen, was dich noch ein Stück weiter herunterzieht. Diese Spirale ist nicht schuld, sie macht nur das, wofür du sie beauftragt hast. Das geht so lange weiter, bis du die Fahrt unterbrichst, die Spirale umdrehst und deine Fahrt in die entgegengesetzte Richtung fortsetzt."

William schwieg für einen Moment und ließ seinen Blick dabei langsam durch die Bibliothek schweifen, bis er bei dem jungen Mann am Computer, der Kopfhörer trug, hängen blieb.

„Zeit, Dave. Wir werden geboren, wir werden erzogen. Wir gehen zur Schule und lernen alles Mögliche, aber nicht, was wir für das Leben brauchen. Das bringt dir kein Lehrer bei. Wie auch. Lehrer sind nur Schüler im Körper eines Erwachsenen, die Angst davor haben, sich Gleichaltrigen zu stellen. Dann beginnt dein Leben. Deine erste eigene Wohnung. Dein erster Job. Deine erste lange Beziehung. All das kommt, und wir sind damit beschäftigt, fleißig zu sein und zu erreichen, was man uns in der Erziehung gesagt hat. Die Jahre verstreichen. Du wirst älter und älter. Bist mit deinen Gedanken immer dabei, mehr zu leisten und das neueste Auto zu fahren, das beste Haus zu besitzen. Du weißt, was ich meine. Aber du vergisst dabei zu leben. Du sagst dir, ich verschiebe die schöne Zeit auf meine Zeit nach der Arbeit. Doch dann fangen die Probleme an. Dein Körper kann nicht mehr so wie in jungen Jahren. Er wird gebrechlicher. Doch du begreifst immer noch nicht, dass deine Zeit hier auf der Erde begrenzt ist. Erst gegen Ende deines Lebens lässt es dich eine Krankheit, ein Unfall oder Ähnliches realisieren. Du betest und suchst Ärzte auf, damit sie es noch ein bisschen verlängern. Du merkst, dass du dein ganzes Leben lang das kostbarste Gut nicht als wertvoll genug betrachtet hast. Dann liegst du auf dem Sterbebett und bereust, was du in deinem Leben alles nicht gemacht hast. Wenn du mich fragst, eine bittere Erkenntnis. Was ich dir damit sagen will: Erkenne dich und deine Ziele. Stehe dafür ein und verfolge sie. Du hast nur dieses eine Leben. In sechzig, siebzig, achtzig Jahren oder schon morgen liegst du unter der Erde."

William blickte zur Decke und betrachtete die Gemälde.

Dave saß da und sah ihn an. So viele wahre Worte, die der Alte von sich gab. So viele Weisheiten. So viel ...

Dave spürte den Vibrationsalarm seines Handys. Er holte es aus seiner Hosentasche, um den Anrufer wegzudrücken. Er las die Rufnummer ab. Sie endete auf 0397. Er dachte kurz nach. Das war die Rufnummer der Telefonzelle bei seinem Haus.

„William, ich muss kurz drangehen, ich glaube, es ist Miriam", sagte er, ohne die Reaktion seines Gesprächspartners abzuwarten.

„Hey, was gibt's?", fragte er ins Telefon.

„Dave! Das schwarze Auto. Es ist hier. Er ist hier!", sagte Miriam panisch.

Dave riss Mund und Augen auf.

„Wo sind Jana und Malaika?", fragte er.

„Jana ist oben. Malaika bei mir. Ich war mit Malaika nur kurz draußen, weil sie unendlich geschrien hat, und als ich zurückkam, sah ich das schwarze Auto vor deiner Tür stehen." Sie klang nervös.

„Okay, versteck dich, ich komme zu dir“, sagte er.

„Er kommt aus dem Haus. Er hält sich den Arm. Jetzt geht er zum Auto und jetzt ... jetzt sieht er hier rüber. Dave, er kommt auf mich zu. Ich ... Dave ...“

Der Hörer fiel herunter und schlug gegen die Wand der Telefonzelle. Als nächstes hörte er, wie die Tür geöffnet wurde und kurz danach wieder zufiel.

Im Hintergrund ein gedämpftes „Hey, bleib stehen!“, gefolgt von einem Schrei von Miriam. Dave konnte die genauen Worte nicht verstehen. Einige Sekunden war nichts zu hören. Dann hörte er, wie die Tür der Telefonzelle aufging, jemand den Hörer aufnahm und hineinatmete.

„Miriam?“, fragte Dave.

Es erfolgte keine Antwort.

„Miriam? Was ist passiert? Geht es dir gut?“, fragte er.

Dave hörte ein Rauschen. Der Empfang war sehr schlecht, so dass er alles nur sehr verzerrt hörte. Dann tat sich etwas. Er hörte, wie der Hörer gepackt wurde. Das Telefonat wurde von knackenden Geräuschen unterbrochen. Dave wollte zur Tür der Bibliothek gehen, um zu sehen, ob er dort einen besseren Empfang hatte. Als er gerade aufstehen wollte, hörte er eine Stimme.

„Hier ist nicht Miriam. Aber es geht ihr gut. Wenn du willst, dass es so bleibt und dem Kind auch nichts passiert, dann bring all dein Geld mit. Wir treffen uns in zwei Stunden an der Hütte“, sagte eine vermutlich männliche Stimme.

Ehe Dave antworten konnte, wurde der Hörer eingehängt und das Telefonat beendet.

„Verdammt!“, schrie Dave, sodass alle Besucher der Bibliothek zu ihm hinübersahen.

„Was ist passiert?“, fragte William.

„Er hat Miriam und Malaika. Er will mich in zwei Stunden an der Hütte sehen. Ich soll all mein Geld mitbringen“, sagte Dave, während ihn Trauer und Hass zugleich überkamen. „Ich muss los. Danke für alles, William“, sagte er und sprang auf, um nach draußen zu laufen.

„Warte, Dave!“, sagte William.

Er hielt inne.

„Ich denke ich kann dir dabei helfen. Lass mich dich begleiten“, sagte der Alte und stand auf.

Dave nickte. Beide gingen zum Ausgang. Als sie vor der Bibliothek angekommen waren, suchte er sein Fahrrad.

„Mein Fahrrad wurde geklaut“, sagte er. Fassungslos darüber, dass so viel Schlechtes auf einmal passieren konnte.

„Wir nehmen mein Auto“, sagte William.

Sie stiegen in den Wagen und fuhren los.

„Okay. Wir fahren zuerst zu deiner Wohnung“, sagte er.

Dave nickte.

„Hast du eine Waffe in der Wohnung?“

„Ich, nein. Ich, doch. Ich meine, ich habe den Revolver“, sagte Dave und schloss die Augen vor Verwirrung.

William trat auf das Gaspedal.

„Und weißt du auch, wo der Revolver liegt?“

Dave hielt die Augen immer noch geschlossen.

„Ja, ich habe ihn bei mir“, sagte er schließlich.

William schaute ihn verdutzt an.

„Ich wollte ihn nicht alleine bei den Mädels in der Wohnung lassen. Miriam hatte so etwas vermutlich noch nie in der Hand, und ich wollte nicht, dass etwas passiert“, antwortete er schließlich.

Die beiden erreichten den Ortsteil, in dem Dave wohnte.

„Wohin muss ich fahren?", fragte William.

„Da vorne rechts ab, dann ein Stück geradeaus, und dann wieder links", erklärte Dave.

William befolgte die Navigation, bis sie schließlich in die Zielstraße einbogen.

„Halt an. Da ist die Telefonzelle", sagte Dave.

Er stieg aus und ging hinüber. William blieb im Auto sitzen und ließ das Fenster auf der Beifahrerseite herunter, um mit ihm zu reden.

Dave stand da wie angewurzelt.

„William? Hier sind Blutstropfen", sagte er.

William stieg ebenfalls aus und ging zu ihm. Tatsächlich waren einige Blutstropfen am Boden erkennbar. Sie führten weg von der Telefonzelle. Beide folgten der Spur, bis sie an die Haustür von Daves Mietwohnung kamen. Sie gingen ins Haus.

„Dave?", flüsterte William.

„Ja", antwortete er.

„Gib mir den Revolver."

Dave war unentschlossen.

„Dave, vertrau mir. Ich weiß, was ich tue."

Dave holte den Revolver und die Munition heraus und gab beides an William. Dieser lud die Waffe und klappte die Trommel zurück.

Langsam und möglichst leise stiegen die beiden die Treppen hinauf, bis sie an der Tür zu Daves Wohnung standen.

Dave konnte schon von der letzten Treppenstufe erkennen, dass sie aufgebrochen war. Langsam näherten sie sich.

William signalisierte ihm, dass er die Tür bei drei öffnen sollte.

Dave verstand die Gestik und nickte William zu.

William zählte mit seinen Fingern. Als er bei drei angekommen war, drückte Dave die Tür auf. Jana kam ihm entgegengesprungen. Er schob sie zur Seite und betrat zusammen mit William die Wohnung. Sie durchsuchten Raum für Raum, doch es war niemand da.

Dave setzte sich auf einen der Stühle im Wohnzimmer, auf denen sie heute Morgen noch gesessen und gemeinsam gefrühstückt hatten. Doch statt der fröhlichen und lustigen Atmosphäre von vor wenigen Stunden, herrschte nun eine drückende und belastende Stimmung.

Jana kam zu Dave und legte ihren Kopf auf seinen Schoss. Langsam strich er ihr durch das Fell. Er bemerkte, dass sie am Kopf blutete.

Er schob den Stuhl ein Stück zurück, um sich zu ihr hinunterzubeugen.

„Meine Liebe, was ist dir denn passiert?“, fragte er.

Als er nach ihrer Wunde sah, bemerkte er einen Kleidungsfetzen in ihrem Maul. Vorsichtig zog er daran und legte ihn auf den Tisch. Er konnte Blut an dem Fetzen feststellen.

„Dann ist das Blut auf dem Boden vielleicht nicht von Miriam, sondern ihrem Angreifer“, schlussfolgerte er und ein Hoffnungsschimmer trat in seine Augen.

„Dave, wir haben wenig Zeit. Bereite du eine Tasche vor. Pack alles ein, was wir in irgendeiner Weise gebrauchen könnten. Hol auf jeden Fall Verbandsmaterial, zwei oder drei Dosen Deo, ein Feuerzeug, eine lange Schnur, mehrere Kerzen, Papier oder alte Zeitungen und ein Teil des Geldes. Frag nicht, tu es einfach“, befahl William.

Dave fing an, die Sachen, die William aufgezählt hatte, zu

suchen und in eine Tasche zu werfen. Der Alte saß derweil am Tisch und wartete.

„Was machst du da, William?“, fragte Dave.

„Nichts, ich brauche nur einen kurzen Moment Ruhe“, entgegnete dieser kurz.

Dave fragte nicht weiter nach, sondern packte alles in die Tasche, wie William es gesagt hatte. Nach einigen Minuten war er fertig und ging zu ihm ins Wohnzimmer.

„Ich bin soweit!“, sagte er.

„Gut. Ich auch“, antwortete William.

Dave streichelte die Hündin.

„Verzeih, aber wir können dich nicht mitnehmen“, sagte er und schaute traurig in Janas treue Augen.

William stand bereits an der Kommode neben der Wohnungstür und wartete. Langsam zog Dave die Wohnzimmertür zu und ging dann zum Treppenhaus. William wartete, bis Dave die Wohnungstür passiert hatte, ehe er ihm hinterherging und sie zuzog.

Dave stand bereits auf der ersten Stufe, als er sich umdrehte und bemerkte, dass William noch immer an der Tür war.

„Wo bleibst du?“, fragte er.

„Ich komme. Die Tür wollte nur nicht richtig schließen“, antwortete William. Dann drehte er sich um und folgte Dave zur Treppe.

Die beiden stiegen die Stufen hinunter, gingen durch die Haustür und dann weiter zum Auto. Als sie eingestiegen waren, schauten sich beide entschlossen an, ehe William den Wagen startete und die beiden in Richtung Hütte aufbrachen.

KAPITEL 19
DIE RUHE VOR DEM STURM

Dave und William schwiegen, während sie der Landstraße aus der Stadt folgten. Das Autoradio spielte irgendwelche Mainstream-Songs. Dave sah aus dem Fenster. Er beobachtete, wie die Straßenlaternen an ihm vorbeizogen. Eine nach der anderen. Bis schließlich keine mehr kam. Stattdessen folgte jetzt ein Baum nach dem anderen. Die Zeit schien nicht zu verstreichen, obwohl die Landschaft wie im Flug an ihm vorbeizog. Wieder schossen ihm Tausende Fragen durch den Kopf. Doch er konnte keinen klaren Gedanken fassen. Egal, auf was er sich auch zu konzentrieren versuchte, er konnte keinen länger als ein paar Sekunden halten, ehe der nächste ihn übermannte. So ging es eine halbe Ewigkeit, bis er sich innerlich zur Ruhe brüllte und zu seinem Begleiter hinüberschaute.

„William?“, fragte er.

Dieser blickte ebenfalls zu ihm herüber und signalisierte, dass er ihm zuhörte.

„Hast du einen Plan?"

William nickte.

„Und wie sieht der aus?", fragte Dave unsicher.

Der Alte sah wieder nach vorn auf die Straße.

„Wir werden das Auto in der Nähe der Hütte abstellen. Dann gehst du auf mein Zeichen mit der mit den alten Zeitungen gefüllten Tasche langsam zum Treffpunkt. Ich werde mich im Hintergrund halten und, sagen wir, für ein paar Ablenkungen sorgen. Dave? Vergiss nicht: Ich bin da und ich werde dir helfen, egal, was passiert. Ich werde nicht noch einmal jemanden verlieren!"

Dave lächelte zuversichtlich und wollte etwas erwidern. Doch er verkniff sich seine Worte. Er hatte keine Ahnung, was der genaue Plan war oder ob es überhaupt einen gab. Doch jetzt war nicht der richtige Zeitpunkt, die Methode von William infrage zu stellen. Zumal er keine bessere Idee hatte.

Die dreißig Minuten Fahrt zur Hütte fühlten sich an wie Stunden. Jeder gefahrene Meter schien so lange wie ein Marathon.

Als sie noch etwa fünf Minuten von der Hütte entfernt waren, drehte William seinen Kopf in Daves Richtung.

„Dave. Du musst dich jetzt konzentrieren. Geh zu diesem Typen und sag, dass du erst Miriam und Malaika sehen möchtest, bevor du irgendetwas tust. Wenn du dich davon überzeugt hast, dass es ihnen gut geht, stellst du ihm die Tasche hin. Sieh zu, dass das Geld über den Zeitungen liegt, sodass der erste Anschein entsteht, sie sei voll davon. Dann gehst du zu Miriam und Malaika und holst sie da weg. Kommt zum Auto", sagte William.

„Das soll alles sein?!“, fragte er fassungslos.

„Ja, und es wird reichen“, sagte der Alte selbstsicher und blickte nach vorn. „Wir sind nah genug an der Hütte. Ich parke den Wagen hier. Unsere Anwesenheit soll noch nicht bemerkt werden.“

Die beiden stiegen aus. Dave holte die Tasche und versuchte, die Geldscheine möglichst auf der Zeitung zu platzieren. Die restlichen Gegenstände gab er an William.

Langsam schlossen die beiden die Türen. Danach übergab William die Autoschlüssel an Dave.

„Okay. Dave, gib mir fünf Minuten ab jetzt. Schau auf deine Uhr. Wenn die Zeit rum ist, gehst du langsam zur Hütte. Ich werde dich im Blick haben“, sagte William, ehe er in den Büschen abseits des Weges verschwand.

Dave war nun auf sich gestellt. Er schaute auf seine Armbanduhr und zählte die Sekunden und Minuten. Die Erinnerungen der letzten Tage zogen an ihm vorbei. Er starrte auf die Zeiger der Uhr. Alles um ihn herum verschwand in Dunkelheit. Er beobachtete, wie sie Stück für Stück voranschritten. Nichts war jetzt noch wichtig, nur diese eine Sache, das Leben dieser Menschen zu retten. Auch er wollte nicht noch jemanden verlieren.

Der Sekundenzeiger drehte seine letzte Runde.

„Tick, tick und los“, flüsterte Dave leise.

Er hob seinen Kopf und lief langsam in Richtung Hütte. Mit jedem Schritt, den er näherkam, konnte er ein Stück mehr erkennen. Vor der Hütte stand das schwarze Auto. Dave spürte, wie sein Mund und Hals mit jedem Schritt, den er machte, trockener wurden.

Er ging weiter, bis er etwa mittig auf der Lichtung stand.

KAPITEL 20
OFFENE RECHNUNG

Es herrschte Stille, kein Mensch war weit und breit zu sehen. Dave blickte nervös um sich. Wo war dieser Typ? Und wo waren Malaika und Miriam? Sollte er nach ihnen rufen?

Plötzlich öffnete sich die Tür zur Hütte.

Die Sonne stand bereits tief und blendete ihn aus vollen Zügen. Er hob die Hand schützend vor sein Gesicht. Nur mit fast vollständig zugekniffenen Augen konnte er auf die Hüttentür schauen. Langsam wurden die Umrisse einer Person erkennbar.

Diese Silhouette kenne ich, dachte sich Dave.

War es möglich ...?

„Hi, Dave. Hat er also dich vorgeschickt?“, fragte eine männliche Stimme.

Die Sonne verschwand hinter dem Haus, sodass Dave im Schatten stand. Er senkte seine Hand und konnte ihn nun langsam erkennen.

Diese Hose, diese Jacke, diese abgerannten Schuhe, die Brille und die langen, pechschwarzen Haare.

„Eddy? Was machst du hier?“, fragte er.

„Na, nach was sieht es denn aus? Ich will meinen verdammten Anteil an der Beute!“, antwortete Eddy.

„Und was ist mit Malaika und Miriam?“, forderte Dave.

„Was soll mit denen sein, denen geht es, sagen wir, den Umständen entsprechend“, antwortete sein ehemaliger Komplize. Dave schwieg. „Und wo ist er, warum kommt er nicht selbst, dieser hinterlistige Bastard?“

„Wen meinst du?“, fragte Dave.

„Na, wen wohl, unseren gemeinsamen Bekannten. Mr. Rob himself. Wo ist er? Ich will ihn eigenhändig umbringen“, sagte Eddy.

Dave senkte seinen Blick. Trauer überzog sein Gesicht.

„Oh, heißt das, dass dieser Sicherheits-Typ mir zuvorgekommen ist?“, fragte Eddy und lachte dabei.

Dave blickte wütend und fragend zu ihm. „Was soll das heißen, du Mistkerl?“

„Na, dass er seinen Auftrag, für den ich ihn bezahlt habe, erledigt hat!“, sagte Eddy noch immer lachend.

„Was? Rob war dein Freund! Warum solltest du ihn umbringen lassen?“, fragte Dave.

„Mein Freund?! Dieser Bastard wollte mir meine Frau wegnehmen und mich an die Bullen verfüttern“, erwiderte Eddy.

Dave war sprachlos. Was hatten diese Aussagen von Eddy zu bedeuten? Sie hatten einen Raub geplant und ihn gemeinsam durchziehen wollen. Warum sollte Rob ihn dann verraten?

„Rob hätte so etwas nicht gemacht“, sagte Dave schließlich.

„Ach nein? Warum hat er dann versucht, heimlich Kontakt mit meiner Frau aufzunehmen, und ihr einen Brief geschrieben? Er hatte alles genau geplant. Er wollte mir den Raub in die Schuhe schieben und die Waffe und ein paar Drogen in meinem Haus verstecken. Doch leider hat Miriam den Brief nie erhalten, sondern ich", sagte Eddy in einer überlegenen, arroganten Art.

„Und was hat der Sicherheits-Typ damit zu tun?", fragte Dave, sichtlich verwirrt.

Eddy lachte. „Na, ich habe Robs Plan zerstört und das Spiel besser gespielt als er. Dieser Security-Loser, Lars, war ein Häufchen Elend. Jeden Tag wollte er mehr Schnee haben, hatte aber nicht die nötige Kohle dafür. Also habe ich ihm ein Angebot gemacht. Ich sagte ihm, dass ich ihm Kokain besorgen könnte, wenn er einen Auftrag für mich erledigt. Er war direkt einverstanden. Kein Wunder, seine Frau hatte eine Krankheit und ist gestorben. Er war alleine mit einem Baby. Den Rest seines Selbstwertgefühls hat dann das Kokain zerstört. Ich rief ihn daher an dem Tag an und sagte ihm, dass es heute steigen würde. Er wollte einen Rückzieher machen. Er redete irgendetwas davon, seiner Tochter eine Zukunft zu bieten und dass er den Auftrag nicht erfüllen könne. Ich drohte ihm und sagte, wenn er es nicht machen würde, dann würde ich seine Tochter und seine Frau umlegen. Er hatte keine andere Wahl, als meinen Befehlen zu gehorchen. Also wartete er an dem Abend ein paar hundert Meter von der Tankstelle entfernt auf meinen Anruf. Nachdem ich die Bullen angerufen und den Unfall vorgetäuscht hatte, rief ich direkt ihn an. Alles lief nach Plan. Er sollte dann in die Tankstelle gehen und Rob umlegen. Dich sollte er laufen lassen, damit du mit der Beute zum Auto kommst, dort hätte ich mich dann um dich gekümmert und wäre mit der Beute abgehauen."

Dave stand wie angewurzelt da und starrte Eddy ungläubig an. Wieso plante Rob mit Eddy einen Raub? Und wieso hatte Rob seinen Plan in einem Brief an Miriam geschickt?

„Ich kann nicht glauben, was du da sagst", sagte Dave, nach einem kurzen Moment der Stille.

„Ach, wirklich nicht? Nun, dann fragen wir doch den Security-Lars, was er dazu zu sagen hat. Ach nein, er ist ja tot. Aber ich wette, er hatte ein paar Kanister Benzin in seinem Auto", sagte Eddy lachend.

„Woher weißt du von den Kanistern?", fragte Dave.

„Die Kanister sollte er für mich mitbringen. Ich wollte, nachdem ich mich um dich gekümmert hatte, in die Wohnung von Rob fahren und einen kleinen Brand legen, um, sagen wir mal, alle Beweismittel endgültig zu vernichten."

Dave stand einfach nur da und starrte Eddy an. Seine Augen zuckten und er bewegte leicht den Kopf. Rob konnte, nein, er wäre niemals auf jemanden wie Eddy reingefallen, oder doch?

„Ich denke, deine Zeit ist jetzt abgelaufen, Dave, oder sollte ich sagen, Kleiner, wie Rob es immer zu sagen pflegte?" Eddy lachte und kam ein paar Schritte auf ihn zu. Erst jetzt bemerkte er, dass Eddy eine Pistole in seiner linken Hand hielt. Dave starrte darauf.

„Was denn, dachtest du, du wärst der Einzige, der eine Waffe hat?", fragte Eddy und schaute Dave spöttisch an. „Aber du solltest Rob und Miriam dankbar sein, ohne sie wärst du auch schon tot. Dieses Miststück hat mich mit Schlaftabletten fast umgebracht. Glücklicherweise hat sie mir Cocktails serviert, die ich nicht vertragen habe. Irgendwann habe ich wohl gekotzt und die Tabletten dabei ausgespuckt. Ich habe mehr als einen halben Tag gebraucht, um wieder klarzukommen. Und dann hatte Rob noch dieses Prepaidhandy auf meinen Namen registriert. Die Bullen konnten mir zwar nichts nachweisen, doch sie patrouillierten dauerhaft vor meiner Haustür. Ich musste mich hinten rausschleichen und über die Nachbargrundstücke verschwinden. Ich habe meinen schwarzen Audi geholt, mein Schmuckstück, und jetzt sieh dir an, wie er wegen euch aussieht. Überall sind Kratzer und Dellen von diesem beschissenen Wald. Dafür werdet ihr mir büßen", sagte er und blickte voller Hass zu Dave.

„Wo sind Miriam und Malaika?", fragte Dave mit ernster Stimme und schaute an ihm vorbei in Richtung Hütte.

Eddy bemerkte seinen Blick.

„Oh, in der Hütte wirst du die beiden nicht finden."

„Was soll das heißen, was hast du mit ihnen gemacht?", fragte Dave wütend.

„Ganz ruhig, die beiden sind im Auto und genießen die Show von der Rückbank", sagte Eddy.

Dave drehte sich in Richtung des schwarzen Autos und wollte losgehen.

„Nein, nein, nein", sagte Eddy und winkte ihn mit der Pistole zurück. „Wir spielen hier nach meinen Regeln."

Dave blieb stehen. Was sollte er jetzt tun? Er wusste noch nicht einmal, ob Miriam und Malaika überhaupt dort waren. Wo war William? Er schaute zu Eddy und dann wieder zum Auto.

Eddy stand etwa zwei Meter vor ihm, der Wagen ungefähr fünf Meter rechts von ihm. Würde er es schaffen, von hier zum Auto zu rennen, ohne dass Eddy ihn erwischte? Unmöglich. Wenn er Eddy ablenkte, könnte es vielleicht klappen. Doch er wusste noch immer nicht, ob die beiden sich überhaupt im

Auto befanden. Und was würde er tun, wenn sie dort waren? Wegfahren? Steckte der Schlüssel?

Verzweifelt versuchte Dave, eine Lösung zu finden. Immer wieder schaute er abwechselnd zu Eddy und dann zum Auto.

„Ah, verstehe“, sagte Eddy und grinste. „Du weißt nicht, ob die beiden im Auto sind“, fügte er hinzu.

Dave schaute nur noch zu Eddy. Konzentriert musterte er ihn, um zu sehen, ob er irgendetwas an sich hatte, irgendeine Schwachstelle. Seine rechte Hand. Sie war provisorisch mit einem Verband umwickelt.

Dave kam ein Geistesblitz. Jana hatte ein Stofffetzen im Maul gehabt und an diesem war Blut gewesen. Eddy musste wohl zur Wohnung gegangen sein, um dort Miriam und Malaika zu holen, doch hatte nicht mit Jana gerechnet.

„Gutes Mädchen“, flüsterte Dave.

„Was hast du gesagt?“, frage Eddy.

„Nichts, was für dich interessant wäre“, antwortete er.

„Nun, dann sind wir wohl am Ende unserer kleinen Unterhaltung angekommen. End of the Line“, sagte Eddy und fing wieder an zu lachen.

Dave merkte, wie sein Puls stieg und sich seine Atmung beschleunigte.

In diesem Moment hörte er, wie sich im Auto etwas tat. Es hörte sich an, als würde von innen jemand gegen die Tür treten.

„Miriam!“, rief Dave.

„Oh, da kann jemand wohl das große Finale nicht abwarten!“, sagte Eddy und schaute zum Wagen. Dann drehte er sich langsam wieder nach vorn und sah zu Dave. Langsam hob er die Hand.

Dave hatte Gänsehaut, all seine Haare waren aufgestellt, als hätte er in eine Steckdose gegriffen. Ein elektrisierendes Gefühl überkam ihn. *Jetzt oder nie*, sagte er zu sich selbst. Er machte einen Schritt nach vorn, als er von hinter der Hütte einen lauter Knall vernahm, gefolgt von einem riesigen Feuerball.

Eddy drehte sich um und ließ seinen linken Arm mit der Waffe sinken. Er starrte auf die Hütte. In diesem Moment erschien William links von den beiden hinter den Bäumen und ging auf Eddy zu.

„Lass die Waffe fallen!", schrie er.

Mit weit geöffnetem Mund und aufgerissenen Augen drehte sich Eddy in dessen Richtung. William wiederholte seine Aufforderung und richtete seine Waffe auf Eddy, der nun ganz still stand und kein Wort mehr sagte.

„Ein letztes Mal. Waffe runter", rief William.

Eddy hob seine linke Hand und schoss.

William erwiderte das Feuer und traf Eddy zweimal.

Eddy blieb stehen. Er nahm seine linke Hand runter und ließ die Pistole fallen. Dann senkte er den Kopf und blickte an sich hinunter. Schließlich hob er seine linke Hand und fasste sich an die Brust.

Dave konnte erkennen, wie er leicht taumelte. Von Höhe seines Brustkorbs fielen rote Blutstropfen zu Boden. Kurz danach sackte Eddy auf die Knie. Er hielt den Körper aufrecht und presste seine Hand auf die Wunde.

Dave blieb stehen und beobachtete die Situation.

Alles war still. Nur das Rauschen des Windes in den Bäumen war wieder zu hören. Langsam ging er ein paar Schritte auf Eddy zu. Bei ihm angekommen, trat er mit seinem Fuß die Pistole weg.

Eddy bewegte sich nicht mehr. Sein Gesicht war

schmerzverzerrt. Er hatte große Mühe zu atmen.

Dave schaute zu William. Der Alte stand noch aufrecht, doch als er an ihm hinuntersah, konnte er eine Blutlache erkennen.

„Oh mein Gott, William", rief Dave und rannte zu ihm. „Setz dich hin. Ich hole das Auto und wir bringen dich ins Krankenhaus."

William schüttelte den Kopf. „Hol Miriam. Sofort!", befahl er, während Dave ihm half, sich hinzusetzen, und ihn mit seinem Rücken gegen einen Baum lehnte. William hielt sich mit beiden Händen den Bauch. Eine von Eddys Kugeln hatte ihn getroffen.

Dave blickte zurück und sah, dass Eddy nicht mehr kniete. Er lag bäuchlings auf dem Boden und bewegte sich nicht mehr. Dave stand auf, rannte zum schwarzen Auto und öffnete die Tür. Miriam lag zusammen mit Malaika gefesselt auf der Rückbank.

Nachdem er sie befreit hatte, umarmten sie sich.

„Schnell wir müssen zu William. Ihn hat es erwischt", sagte Dave.

„Wer ist William? Was ist mit Eddy?", fragte Miriam, während ihr die Tränen über das Gesicht flossen.

„Erzähle ich dir alles, aber wir müssen jetzt erst zu William", sagte Dave und suchte einen Verbandskasten. Er nahm Malaika auf den Arm und ging zusammen mit Miriam zur Lichtung.

Als sie an Eddy vorbeikamen, erschrak Miriam.

„Schon gut, es ist vorbei. Er ist ... er ist tot", sagte Dave schließlich.

Er nahm sie an der Hand und zog sie zu sich.

„William, ich habe Verbandsmaterial dabei, lass mich nach deiner Wunde sehen", sagte Dave und versuchte dessen Hände vorsichtig vom Bauch zu nehmen.

William drückte Daves Hände weg. Der starrte den Alten an.

„Miriam, komm ein Stück näher“, sagte William.

Miriam blickte ratsuchend zu Dave. Der nickte und sie kniete sich hin.

„Miriam, mir bleibt nicht mehr viel Zeit. Woher hast du diesen Glücksbringer mit dem Talisman?“, fragte William.

„Ich ... ich weiß es nicht“, antwortete sie, verwirrt von der Situation und dem fremden Mann.

William schloss die Augen und fing leise an zu singen:

„Now hush little baby, don't you cry.

Everything's gonna be alright.

Stiffen that upper lip up little lady, I told ya,

Daddy's here to hold ya through the night.“

Miriam schaute ihn an. Ihre Augen wurden feucht und die Tränen liefen ihr erneut die Wangen hinunter.

„Woher weißt du, was auf dem Talisman steht? Wer bist du?“, fragte sie.

„Miriam, bist du jetzt dreiundzwanzig Jahre alt?“, fragte er mit schwacher Stimme.

Sie wischte ihre Tränen weg und nickte. „Ja bin ich“, sagte sie leise.

„Vor einundzwanzig Jahren wurden wir getrennt. Ich wurde weggesperrt für ein Verbrechen, das ich nicht begangen habe. Du und deine Mutter wurden mir weggenommen und versteckt. Die letzten zwei Jahrzehnte war mein Herz gebrochen. Gebrochen, weil ich nie erfahren habe, was dir und deiner Mutter wirklich passiert ist und ob ihr noch am Leben seid. Gestern Abend sah ich dann Dave an der Garage gegenüber. Er hatte dieses unverwechselbare Kuscheltier dabei. Sofort wusste ich, wenn ich ihm folge, würde ich zu dir finden. Mein letzter Wunsch war es, dich noch einmal zu sehen, bevor die Krankheit mich bezwingt. Die Ärzte haben mich schon vor Jahren aufgegeben, doch ich nicht. Ich wollte diesen Tag noch erleben. Dich noch einmal sehen. Und ich danke Gott, dass er es mir ermöglicht hat. Ich kann mir keinen schöneren Tod vorstellen, als dich bei mir zu haben. Miriam, meine Tochter. Ich liebe dich und habe nie aufgehört, dich zu lieben." In Williams Augenwinkeln hatten sich Tränen gebildet.

Miriam griff nach seiner linken Hand und hielt sie fest. Obwohl sie ihn nicht kannte, fühlte sie sich tief verbunden.

Williams Atem wurde langsamer. „In dem Revolver befindet sich eine letzte Kugel. Ich hatte sie mir aufgehoben, um mein Leid beenden zu können. Doch jetzt, da ich hier mit euch vereint bin, scheint mir der Himmel auf Erden erschienen zu sein. Jedes Jahr, das ich hinter diesen Gittern gesessen habe, jede Minute, die ich nicht frei war, all die Zeit hat sich gelohnt, für diesen einen Moment. Ich habe meine Zeit für ein Verbrechen abgesessen, dass ich nicht begangen habe, wohlwissend, dass ich es noch begehen würde." Er nahm einen letzten Atemzug. „Ich liebe dich."

William lächelte. Seine Augen waren geöffnet und er blickte voller Zufriedenheit nach vorn.

Dave kniete sich neben ihn und hielt seine andere Hand.

William bewegte sich nicht mehr. Der Alte war tot.

Dave strich über seine Augenlider, um sie zu schließen. Miriam saß neben ihrem Vater und umarmte ihn, während sie weinte. Dave stand auf und pflückte einige Meter entfernt eine gelbe Sonnenblume. Sie strahlte hell und war riesig groß, sodass sie zwischen den anderen herausstach. Er nahm Williams rechte Hand und legte die Blume hinein. Dann legte er die Hand mit der Sonnenblume auf dessen Bauch. Miriam hatte ihre Umarmung gelöst und saß nun ruhig, gelegentlich schluchzend neben ihm.

Dave stand mit gesenktem Blick vor ihnen. Einige Minuten des Schweigens vergingen. Er reichte Miriam die Hand und half ihr hoch. Beide gingen zur Hütte und blieben an der Treppe stehen.

„Hier sind wir wieder", sagte er.

„Ja, stimmt. Aber dieses Mal zum letzten Mal", antwortete sie.

Dave blickte sie fragend an. „Was meinst du damit?"

„Na das, was ich sage. Ich will einen Neuanfang. Ich will all den Schmerz und all die Trauer hinter mir lassen. Lass uns die Hütte und alles, was passiert ist, hier zurücklassen."

Dave nickte und wusste genau, was sie meinte.

„Gib mir Malaika, ich halte sie", sagte Miriam.

Dann ging sie zusammen mit dem Mädchen in die Hütte und schaute nach, ob irgendjemand oder irgendetwas darin war.

Dave ging zurück und holte das Auto von Eddy. Er lenkte den Audi zu ihm hinüber. Er stieg aus, beugte sich über den Leichnam und zog ihn langsam hoch. Dann öffnete er die Tür zur Rückbank und schob ihn Stück für Stück hinein. Er schloss die Tür und fuhr das Auto dicht vor die Hütte.

Miriam trat heraus. Dave bemerkte, wie hinter der Hütte Rauch aufstieg.

„Hast du die Hütte schon angezündet?", rief er.

„Nein!", antwortete sie.

Er rannte hinter das Haus und sah, dass ein Teil bereits brannte.

„Der Feuerball. William“, sagte Dave und lief wieder nach vorne.

Miriam stand einige Meter vor der Hütte. Er rannte zu ihr und blieb neben ihr stehen.

„William?“, fragte sie.

„William!“, antwortete er.

Dave legte seinen Arm um Miriam und zog sie leicht zu sich. Sie lehnte sich an ihn. Beide sahen zu, wie das Feuer Stück für Stück die Hütte verschlang. Die Flammen stiegen von den Wänden hoch zum Dach und ragten noch Meter in die Höhe. Rund herum war nur Stein und Fels.

Mit jeder Minute, die verstrich, wurde das Feuer mächtiger.

Dave schaute Miriam an.

„Ich will William begraben. Direkt am See“, sagte er.

Sie nickte.

Beide gingen zum Schuppen hinüber.

„Ich habe gestern gesehen, dass hier noch ein paar Schaufeln liegen“, sagte er.

Sie holten zwei und gingen damit zum See.

Kurz davor blieb Dave stehen.

„Hier ist es perfekt“, sagte er.

Ein kleiner Hügel, nur Wiese und kaum Geröll. Von hier aus hatte man einen perfekten Blick über den See und in die Ferne.

Dave stach mit der Schaufel in den Boden und fing an, ein Loch auszuheben. Miriam setzte Malaika auf der Wiese ab und half ihm. Nach etwa zwanzig Minuten hatten sie eine Kuhle gegraben, die lang und tief genug war, um William dort zu beerdigen.

Sie gingen zurück zur Lichtung. Bei William blieben sie stehen.

„Bereit?“, fragte Dave.

„Bereit!“, sagte Miriam.

Dave griff William unter den Armen, Miriam hob die Füße an. Stück für Stück trugen sie ihn in Richtung des kleinen Hügels. Nach mehreren Pausen schafften sie es schließlich bis zum Grab. Vorsichtig ließen sie ihn hinab.

Dave hatte seine Hände gefaltet. Miriam stand neben ihm.

Er atmete tief durch und sagte: „Ich habe immer noch keine Ahnung, wie man eine gute Grabrede hält. Vor allem, wenn man jemanden erst seit einem Tag kennt. William, auch wenn wir uns nur kurz kannten, ich danke dir für alles, was du mir in dieser kurzen Zeit mit auf den Weg gegeben hast. Ich wünsche dir, dass du mit deiner Frau nun vereint bist. Auf dass es dir gut geht, wo auch immer du jetzt bist ...“ Dave stockte und wischte sich eine Träne weg. Dann schaute er zu Miriam.

„Willst du noch etwas sagen?“, fragte er.

Sie überlegte. Dann machte sie einen Schritt nach vorn.

„Hey. Was soll ich sagen. Gerade habe ich dich, meinen Dad, wiederbekommen, da wirst du mir schon wieder genommen. Ich wünschte, wir wären uns früher begegnet. Ich wünschte, ich könnte dir alles erzählen, alles mit dir teilen, was mir im Leben passiert ist. Ich wünschte, wir hätten noch einen Tag. Ich weiß, du bist nicht weg, du bist nur ein Stück vorausgegangen. Unsere Wege werden sich wieder kreuzen. Eines Tages werden wir zusammen sein und voller Freude unsere Geschichte teilen, Dad. Dieser Tag ist noch fern, doch ich werde mit offenen Armen immer auf dich warten. Goodbye“, sagte sie und senkte ihren Blick. Sie schloss die Augen. Einige Tränen liefen ihre Wange herunter.

Dave trat zu ihr und fasste mit seiner Hand an ihre Schulter.

Vorsichtig streichelte er sie. Miriam griff nach seiner Hand und hielt sie fest. Dann drehte sie sich zu ihm um und umarmte ihn. Beide legten ihren Kopf auf die Schulter des jeweils anderen. Minuten vergingen. Langsam setzte die Dämmerung ein. Hinter ihnen brannte die Hütte noch immer. Ein roter Stich in der Abenddämmerung. Ein Feuer, das dem Abschied von William und Rob würdig war. Ein Funke, der eine neue Zeit einleitete.

KAPITEL 21
END OF THE LINE

Die Flammen wurden kleiner. Der Geruch von Feuer lag in der Luft. Dave löste sich langsam aus der Umarmung. Sie schauten sich tief in die Augen und küssten sich.

Dann nahmen sie ihre Schaufeln und begannen das Grab zu füllen. Als sie fertig waren, legte Dave einen Stein darauf. Mit einem zweiten malte er ein Kreuz darauf.

„Leb wohl, William“, sagte er.

Miriam nahm Malaika auf den Arm und gemeinsam gingen sie zurück zur Hütte bzw. dem, was noch von ihr übrig war. Das Feuer hatte gewütet und alles zerstört, was ihm in die Quere gekommen war. Die Hütte war fast vollständig in Schutt und Asche gelegt. Die Flammen hatten auch auf das Auto übergegriffen und es nahezu niedergebrannt.

Sie blickten sich an. Dave nickte mit seinem Kopf in Richtung des Waldes.

„William hat uns mit seinem Auto hierhergebracht. Lass uns damit fahren, ich habe den Schlüssel", sagte er.

Sie gingen durch den Wald, bis sie den Wagen erreichten. Sie stiegen ein und fuhren los.

Malaika war nach wenigen Sekunden friedlich in Miriams Armen eingeschlafen.

„Hey, unsere junge Lady schläft", sagte sie.

„Sehr gut, dann wollen wir sie nicht wecken, bis wir an meiner Wohnung sind", sagte er.

Sie nickte. „Dave, wie soll es jetzt weitergehen zwischen dir und mir? Was passiert mit Malaika? Irgendjemand wird sie doch vermissen, meinst du nicht auch?"

„Ja, darüber habe ich auch schon nachgedacht. Ich denke, das Beste ist es, wenn wir drei erstmal sehr weit von hier fortgehen. Eltern hat Malaika nicht mehr, vielleicht können wir sie adoptieren und ihre neuen Eltern werden. Ich weiß nicht, ob wir das dürfen, aber ich verspreche, wenn es einen Weg gibt, dann werde ich ihn finden." Dave schaute zielstrebig nach vorn und hielt das Lenkrad in beiden Händen.

Miriam war sich sicher, dass er fest entschlossen war.

„Okay. Und was wird aus uns?", fragte sie.

„Wir werden sehen müssen, ob es funktioniert. Aber solange du mir keine Schlaftabletten in mein Getränk mischst, bin ich sehr zuversichtlich", sagte Dave.

„Hey. Das war makaber", antwortete sie.

„Willkommen in meiner Welt", sagte er und konnte sich sein Grinsen nicht verkneifen.

Nach etwa einer Dreiviertelstunde kamen sie an der Wohnung von Dave an.

Er parkte das Auto und sie gingen nach oben. Er öffnete die Tür. Im Flur lag ein Brief. Er kniete sich hin, um ihn aufzuheben. Er drehte den Umschlag um und konnte auf der Vorderseite „Dave“ lesen.

„Wie, was?“, fragte Dave.

In diesem Moment fiel ihm ein, dass der Alte vorhin nach ihm die Wohnung verlassen hatte. Er musste den Brief dabei hinterlassen haben.

„Miriam, es ist ein Brief von William“, sagte Dave.

„Na los, mach schon auf“, forderte sie.

Er öffnete das Kuvert, während sie das Wohnzimmer betraten. Miriam legte Malaika auf die Couch.

Jana kam angerannt und sprang an Dave hoch. Er streichelte die Hündin und setzte sich dann an den Tisch. Miriam kam dazu und setzte sich neben ihn. Gespannt lasen sie, was William ihnen geschrieben hatte.

Nach einigen Minuten schauten sie sich an.

„Das sollte all unsere Probleme lösen“, sagte Dave.

„Ja“, stimmte ihm Miriam zu.

„Dein Vater hat einige Tricks auf Lager gehabt. Und mein Fahrrad werde ich wohl auch wiederfinden“, sagte er.

„Und ich kenne jetzt endlich meine wahre Vergangenheit“, sagte sie.

„Ich denke, es ist an der Zeit, die Sachen zu packen“, sagte Dave.

Miriam nickte.

„Was passiert mit deiner Wohnung?“, fragte sie.

„Ich werde sie kündigen. Und ich weiß auch schon genau, wer sie voller Freude übernehmen wird. Ich glaube, sie hatten sowieso nochmal Nachwuchs geplant“, sagte er und deutete mit seinem Finger nach oben, auf die Wohnung über ihnen.

Miriam lächelte. „Na dann los“, sagte sie.

„Ich werde Toni anrufen, der wird sich dann um das Haus und den Rest kümmern“, sagte er.

Sie umarmten sich. Danach packten sie alles, was sie gebrauchen konnten, in Taschen, Koffer, und was sich sonst noch als Transportmittel eignete.

Dave nahm eine Flasche Schnaps aus dem Schrank.

„Diesen Whisky hat mir mein Patenonkel vor über zehn Jahren geschenkt. Er sagte, ich soll ihn aufbewahren, und wenn der richtige Zeitpunkt gekommen ist, öffnen und genießen. Miriam, ich denke jetzt ist dieser Zeitpunkt, den er gemeint hat.“ Er holte zwei Whiskygläser und stellte sie auf den Tisch. Er schenkte jeweils etwas von der goldbraunen Flüssigkeit hinein und reichte eines davon Miriam.

„Auf das neue Leben. Auf dass die Vergangenheit nicht wiederkehrt und unsere letzten Tage noch fern sind. Auf uns“, sagte er und stieß mit ihr an.

SCHLUSSWORT

Die letzte Seite des Buches möchte ich nutzen, um Danke zu sagen. Ich bedanke mich bei allen, die mein Buch gelesen haben und mir ihr Feedback gaben. Mein besonderer Dank gilt meiner ersten Leserin Annette. Vielen Dank. Weiter möchte ich mich bei Sophie Niemann für das wirklich gelungene Lektorat bedanken. Abschließend will ich mich bei Alexander May für die ideenreiche Gestaltung des Buchcovers und des Buches bedanken. Vielen Dank, dass ihr mich mit euren Ideen und Vorschlägen unterstützt habt.

Was wäre ein Buch ohne eine Widmung. Ich habe daher diese passenden Zeilen aus dem Songtext "You're Never Over" von Eminem gewählt, weil sie sehr passend den Inhalt des Buches treffen. Letztlich habe ich aber ein paar Wörter in den Lyrics abgewandelt, um die versprochene Widmung in das Buch mitaufzunehmen und der Toten und meiner größten Inspiration Rechnung zu tragen. Danke.

Not many are lucky enough to have a guardian angel like you.

Lord, I'm so thankful, please don't think I don't feel grateful, I do. Just grant me the strength that I need, for one more day to get through. So, Daddy, this is your book, I dedicate this to you, I love you Daddy.

Printed in Poland
by Amazon Fulfillment
Poland Sp. z o.o., Wrocław

71120907R00115